徳間文庫

悲運の皇子《みこ》と若き天才の死

西村京太郎

徳間書店

目次

第一章　一枚の絵　5
第二章　有間皇子の謎を追う　40
第三章　藤白峠の死　79
第四章　答を求めて　115
第五章　座談会　144
第六章　日記　180
第七章　日記の続き　214
第八章　三人が死んだ　252
西村京太郎年譜　山前　譲・編　297

第一章　一枚の絵

1

　二日間だけ、余裕が、与えられた。三日目には、古くて、だだっ広い、この家は、解体されてしまう。すでに、土地は、不動産屋の手に渡っている。

　そのあと、そこに、マンションが建てられるのか、コンビニができるのか、それとも、駐車場として、貸されることになるのか、それは、明《あきら》には、分からないし、関係のないことだ。

　明は、立ち上がると、急な階段を上って、屋根裏に入っていった。ここも、やたらにだだっ広い、屋根裏である。

　骨董《こっとう》好きだった父親は、怪しげな、骨董屋の口車に乗せられては、ニセの横山大観《よこやまたいかん》の絵を、集めたり、これもニセの朝鮮《ちょうせん》王朝の白磁の壺などを、買い集めていたのだが、それも、ほとんど処分されてしまっていた。数多い父親のコレクションの中には、たまには本物もあったが、ほとんどがニセ物だった。

その骨董好きの父親も、すでに、数年前に病死している。

薄暗いので、ついつまずいて、明は慌てて、壁に手をついた。

途端《とたん》に、天井板が外れて、何かが、落ちてきた。

ドスンと、大きな音がした。

目を凝らすと、落ちてきたのは、額縁の絵である。百五十号ぐらいの大きさだろうか？

（父は、こんなところにまで、絵を隠していたのだろうか？）

と、思ったが、骨董自慢の父が、一枚だけ、天井裏に、絵を隠しておくなどということは、考えられなかった。

明は、その絵を持って、屋根裏から、下に降りていった。

改めて、明るいところで、額縁の絵を見た。ホコリだらけで、絵が、はっきり見えない。その汚れぶりを見ると、かなり長い間、天井裏に隠されていたらしい。

明は、タオルで丁寧に、何度も、絵の上に溜まったホコリを払い落した。

その後、タオルを水で濡《ぬ》らし、汚れた額縁を、これも、何度も、丁寧に拭《ふ》いた。

その後、明は、絵を壁に立てかけて、じっと、目を凝らした。

そこに、描かれているのは、飛鳥《あすか》時代の若い皇子《みこ》の姿である。凜《りん》として、まっすぐに、正面を見据えている皇子。

ただ、その眼は、ひどく悲しげに見える。

（上手い絵だな）

と、明は、思った。

サインを見ると、N・HASEMIとなっている。

長谷見伸幸《はせみのぶゆき》、それは、祖父のサインだった。

昭和二十年六月、沖縄戦で、亡くなった祖父のことを、明は、ほとんど知らない。彼の生まれる前に死んでいるからだ。

知っているのは、召集された時は、二十五歳で、若き天才画家と、呼ばれていたという。そんな話を、明は、両親から、聞いたことがある。

祖父は、身体障害者で、右足が悪く、二十五歳だが、そのために兵役を免れていた。

ところが、ある日、突然、祖父にも、召集令状が来て、なぜ来たのか分からないうちに、召集され、沖縄に、送られてしまったのである。

「あれは、きっと、何かの間違いだったんですよ」

と、八十五歳まで生きた祖母が、そういうのを、聞いたことがある。

その祖父が、描いた絵である。

明自身は、絵を見るのは好きだが、自分で描いたことはない。

祖父の仲幸は、二十五歳で召集されるまでに五枚の絵を残している。全《すべ》て、生まれ育った湘南《しょうなん》を描いた風景画で、今日、偶然見つけたのは、唯一の人物画である。

いい絵だということは、素人の明にも、分かる。

ただ、疑問もあった。

第一は、若い飛鳥の皇子が、どうして、悲しげな顔を、しているのかということである。

第二は、その絵に、描かれていた背景だった。

普通、若い皇子のバックは、明るい日差しか、ほかのものとしても、とにかく明るいバックが、ふさわしいだろう。

それなのに、この絵は、なぜか不吉な予感を、感じさせるような、不気味な黒雲が、湧きあがる背景になっているのだ。

明は、その百五十号の絵が気になって、丁寧に新聞紙で包むと、紐《ひも》で結えて、世田《せた》谷《がや》の自宅マンションに、持って帰ることにした。

2

明の勤務先は、渋谷《しぶや》にある、小さな出版社である。この出版社では、「時代」という雑誌を発行していた。

今度、この「時代」で、「私たちの戦争」というタイトルの座談会を、三回続けて、掲載することになっていた。

明が出社すると、編集長に、呼ばれた。

「畠山《はたけやま》先生の件なんだがね」

と、編集長が、いう。

「畠山先生から、すでに了承をいただいています。座談会は、三回とも、畠山先生が、司会をやってくださるそうです」

と、明が、いった。

「いや、そのことは、わかってるんだ。昨日の夜、畠山先生と、新宿《しんじゅく》で飲んだんだがね。畠山先生が、突然、こんなことをいわれたんだよ。一回目の『国内の戦争』という題の座談会には、ぜひ、君に、出てもらいたいと、いうんだ」

「僕にですか？」

「そうだよ。君に、出てもらいたいといっている」

「しかし、僕は戦後の生まれですから、戦争のことなんか、何にも知りませんよ」

「君自身のことじゃないんだ。畠山先生がいうには、君の家の、長谷見裕太郎《ゆうたろう》さん、君の曾祖父《そうそふ》だが、その人は元駐アメリカ領事で、戦争が始まって昭和十七年に交換船で帰国してからは、現在の場所で、料亭をやっている。その料亭には、戦前戦中にかけて、政府の要人や、あるいは、陸海軍の将校たちが、よく、食事に来ていたそうじゃないか？　だから、当時の、政府の動きや軍人たちの考えも、よく分かるんじゃないのか？　君だって、長谷見裕太郎さんが、どんな人なのか、あるいは、戦争中に、どう行動したのか、聞いているんじゃないのか？　それをぜひ、話してもらいたいと、畠山先生は、おっしゃっているんだ」

「確かに、曾祖父の、長谷見裕太郎のことは、父親や親戚などから、いろいろと話を聞いては、いますが、僕は、その曾祖父とは一度も、会ったことがありませんから、面白いことは、何もしゃべれないと思いますよ」

明は、尻込みした。

しかし、編集長は、明の言葉に耳を貸さず、さらに、つけ加えて、

「実は、畠山先生が、調べたところによるとだね、長谷見裕太郎が、やっていた『料亭さくら』に、集まってきていた戦争中の政府高官たちが、もうこの戦争は負けたと考え、和平工作のため、当時の総理大臣兼、陸軍大臣の東条英機《とうじょうひでき》暗殺計画を、話し合ったことが、分かったといっているんだよ。その件について、ぜひ、君に、話をしてもらいたい。畠山先生は、そんなふうにいっているんだ」

「東条暗殺計画なんて、僕は、知りませんよ」

「いや、畠山先生がいうには、その詳細については、自分が、調べて話をする。ただ、当時の『料亭さくら』の雰囲気について、君が話してくれればいい。そういっておられるんだ」

「困りましたね。僕は、本当に、何も知らないんですよ」

明が、いうと、編集長は、

「今日の午後、編集部に、畠山先生がいらっしゃる。君に、先生が、調べたことを話すから、君が、両親や、あるいは、親戚の人から、何か聞いていないか、それを思い出してほしいといっておられるんだ。思い出してもらえれば、それを膨らませて、座談会で発表できる。何よりも、当事者の家族の君が、座談会にいてくれるだけで助か

る。畠山先生は、そういっているんだよ。とにかく、今日、畠山先生が来るから、直接会って、話を聞きたまえ」

明が、自分の席に戻って、困ったなと思っていると、編集仲間の岡田由美《おかだゆみ》が、彼の顔を覗《のぞ》き込んで、

「どうしたのよ？　タメ息なんか、ついちゃって」

「今度、三回連続で、『私たちの戦争』というテーマで、座談会をやるだろう？　その二回目に、僕に出ろと、編集長がいうんだよ」

「あなたが？　でも、あなたは、戦争なんか、全然知らない世代でしょう？」

「もちろん、そうさ。だから断ったんだが、編集長は、ダメだというんだ。何だか知らないけど、僕の曾祖父が料亭をやっていてね。そこに、戦争中、政府の高官や、陸海軍の軍人が、食事をしに来ていて、いろいろと、戦争について話していた。そのことを、しゃべってほしいというんだ」

「じゃあ、しゃべってあげればいいじゃないの？」

「簡単にいうけどね。僕は、何も知らないんだよ」

「知らなくたって、大丈夫よ。本で読んで、勉強すればいいんだから」

由美は、気楽に、いう。

「確かにそうなんだけど、どうにも気が重くてね」

明は、肩をすくめると、今度は、携帯を取り出して、例の絵を映して、由美に見せた。

「それ、誰の絵なの？」

と、由美が、きく。

「祖父の絵なんだが、描かれている主人公が誰なのかが分からなくてね。飛鳥時代の若者だとは、思うんだけど」

と、明が、いうと、由美が、

「その人なら、知っているわ」

あっさりと、いった。

「本当に、知っているの？」

「もちろん、知っているわ。その皇子様は、有間皇子《ありまのみこ》よ」

「よく知っているね」

「その時代のことに、興味のある人なら、誰だって知っているわ」

と、由美が、笑った。

「それで、その、有間皇子というのは、どういう人なんだ？」

「確か、大化《たいか》の改新の頃だと思うんだけど、孝徳《こうとく》という天皇が亡くなって、有間皇子というのは、その息子さんなのよ。当然、父親の跡を継いで、天皇になるべき人だったんだけど、ライバルに妬《ねた》まれ、反逆者の汚名を着せられて、殺されてしまったの。その時、確か、十九歳だった皇子よ。大化の改新の頃を調べている人ならば、誰でも知っていると思うわ」

「そうか、本当なら、天皇になるべき人だったのに、ライバルの罠《わな》にかかって、殺されてしまった人か」

「そうよ。十九歳で死んだのよ。悲劇の皇子様」

「それで、この若者は、悲しそうな顔をしているのか」

「小さくて、よく分からないんだけど、なかなかいい絵だと思うわ。この絵、長谷見さんが持っているの？」

「ああ、僕が持っている絵だ」

「じゃあ、今度、見せてくれない？　この有間皇子には、私も関心があるから」

由美は、自分の机の引き出しから、「大化の改新」というタイトルの新書を取り出して、明に渡しながら、

「確か、この本の中に、有間皇子のことも、書いてあるわ」

明は、その新書に目を通してみた。大化の改新という言葉は、知っていたが、高校の日本史の授業で習ったことは、きれいさっぱり、忘れてしまっている。その本を読んでいると、もう一度、おさらいするような気持ちになった。

時代は、皇極《こうぎょく》という女帝の頃である。

蘇我《そが》氏の、蘇我蝦夷《えみし》と、息子の入鹿《いるか》が、権力をほしいままにしていた。そうした蘇我氏の横暴を止めようとして、中大兄皇子《なかのおおえのみこ》が、中臣鎌足《なかとみのかまたり》と共謀して、ある日、朝鮮三国から遣いが来たといって、蘇我入鹿を、騙《だま》して呼び出し、殺害した。

父親の蘇我蝦夷は、いったんは、軍勢を率いて、中大兄皇子らと、戦おうとしたが、すでに中大兄皇子たちの軍勢に囲まれ、自刃してしまった。

こうして、栄華を誇った蘇我本家が滅びて、大化の改新が、完成したと、書かれている。

この後、皇極女帝が退位し、軽皇子《かるのみこ》が、即位して、孝徳天皇になった。皇極の弟である。

この孝徳天皇というのは、全く力のない天皇で、中大兄皇子や、中臣鎌足などが、いうことを聞かないので、失意のうちに亡くなった。

そこで、いったん退位した皇極天皇が、再び、即位して、斉明《さいめい》天皇になった。

当時、天皇の位に就く資格のある皇子が、何人かいた。筆頭は、中大兄皇子だが、亡くなった孝徳天皇の一人息子である、有間皇子も、後継の資格を持っていた。

中大兄皇子は、ライバルの有間皇子を今のうちに、取り除いておこうと考え、罠にはめて、斉明天皇への反逆の罪を着せて、現在の海南市《かいなん》で、殺してしまった。その時、有間皇子は、まだ十九歳。斉明天皇に対して、犯行の計画は、立ててはいたが、それはまだ、実行されていなかった。

なぜ、反逆を考えたのかと尋問《じんもん》された時、有間皇子は、こう答えた。

「天と赤兄《あかえ》と知らむ、吾全《もは》ら解《し》らず」

赤兄というのは、いわばスパイのような役目で、有間皇子に、反逆を勧めた蘇我赤兄である。勧めておきながら、有間皇子がその気になると、突然、有間皇子を捕えて、突き出したのである。

今では、不運な、この有間皇子は、中大兄皇子の罠にはめられたということになっている。

「それにしても、なぜ、祖父の長谷見伸幸は、死ぬ前に、有間皇子の肖像画を描いて、なぜ、天井裏に隠して、沖縄に行ったのだろうか」

その疑問が、すぐ、明の頭に浮んだ。

昼過ぎになると、S大の畠山教授が友人を連れて、編集部にやって来た。

畠山が、連れてきたのは、渡辺浩《わたなべひろし》という、四十代のノンフィクション作家だった。

この二人と、明は、会社の近くの中華料理店で、昼食を一緒にすることになった。

「よく、このお二人と話し合って、そうだな、編集部に帰ってくるのは、五時過ぎでも構わないから」

と、いって、編集長は、明を送り出した。

昼食を取りながら、畠山が、

「昨日、お宅の編集長にも、いっておいたんだがね、今度の、三回連続の『私たちの戦争』という題の座談会の二回目には、ぜひ、君にも出てもらいたいんだよ」

と、いう。

「しかし、僕は戦後生まれで、戦争中のことは、何も知らないんですよ」

明が、繰り返すと、畠山は、大きく手を横に振って、

「そんなことは、全く関係ないよ。こちらの渡辺君だって、君と同じ、戦後生まれだよ。それでも、太平洋戦争のことを知りたくて、一所懸命、勉強して、調べて、今では、ノンフィクションで、日本の戦争について、三冊も出しているんだ。編集長にも、いったんだが、君は、あの『料亭さくら』をやっていた、長谷見家の跡取りだしね。

「長谷見裕太郎についても、知っているんだろう？」

「名前だけは、聞いたことがあります」

「それなら、今から、長谷見裕太郎について、勉強しなさい。長谷見裕太郎という人はね、昭和十三年に、領事として、アメリカに行き、その後、戦争になってしまったので、十七年に、交換船で日本に帰ってきた。そのあと父親のあとを継いで『料亭さくら』を、切り盛りしたという人なんだ。あの料亭は、大変、有名な店でね、戦争中も、政府の要人や、陸海軍の将校なんかが、頻繁に食事に来ているんだ。そこで、政府の要人や、心ある陸海軍の将校たちは、一刻も早く、戦争をやめようとして、いろいろと話し合ったことが、資料として残っている。だから、君にも、その頃の『料亭さくら』や、長谷見裕太郎について勉強して、座談会に出てもらいたいんだよ」

「しかし、何度もいいますが、僕は、何も知りませんから」

「長谷見裕太郎という人は、とても面白い人でね。その言動が、今も、ちゃんと残っているんだ。それに、戦争中の『料亭さくら』に、どんな人が、食事に来たのかも、メモが取ってある。そうした資料を渡すから。まず読んでください」

畠山が、いった後、今度は、ノンフィクションライターの渡辺が、

「今、私が、いちばん興味を持っているのは、戦争中の、東条英機暗殺計画なんです

よ。東条英機という名前は、あなたも、知っているでしょう？」

「ええ、名前は、もちろん、知っていますが」

「東条英機というのは、太平洋戦争が始まった時の総理大臣でね。戦局が不利になってくると、戦争反対の声を、憲兵を使って、抑えつけた。昭和十九年に入って、戦争が、さらに不利になってくると、今度は、参謀総長まで兼ねて、ほかの政治家や、軍人を抑えつけていたんだ。東条英機を、殺さなければ、日本を和平に持っていくことが、できない。それで、東条暗殺計画が、生まれたといわれている。おそらく、長谷見裕太郎が、やっていた『料亭さくら』で、その計画が、立てられたのではないかと、私は、考えているんだよ。なぜ、その東条暗殺計画が、失敗に終わったのか、誰が、裏切ったのか、どうして、その計画が漏れたのか、それを書きたいと思っている。畠山先生もいうように、私だって、君と同じように、戦後派だからね。戦争のことも、戦争中の日本のことも、何一つ、分かっていない。だから、今、勉強している。君にだって、ぜひ勉強してもらいたい。何しろ、君は、あの、長谷見裕太郎の子孫なんだからね。いわば、君には義務があるんだ」

と、渡辺が、強調した。

二人は、戦争中のことを書いた参考資料を、何冊か、明に、渡した。

それでも、明は、まだ、気が進まなかった。そんな明を、励ますように、畠山が、

「第二回目の座談会までには、まだ、一ヵ月半ある。その間に、いろいろと勉強してほしい。渡辺君がいったように、君は、当事者である、長谷見裕太郎の子孫なんだからね。君の発言は、それだけ、重みを持つんだよ」

と、いった。

3

次の土曜日、同僚の岡田由美が、どうしても問題の絵を見たいというので、明は、自宅マンションに、彼女を招待した。

明は、自分もコーヒーが飲みたかったので、二人分のコーヒーを淹《い》れた後、問題の絵を由美に見せた。

由美は、一目見るなり、

「素晴らしいわ」

と、大声を出した。

「この有間皇子は、凛々《りり》しいのに、顔全体で、悲しさを表しているわね。絵を見てい

ると、十九歳の、素敵な有間皇子が、前途の悲劇を予感して、悲しんでいるように、見えるわ」

「僕も、いい絵だとは、思っているんだ」

「でも、あなたのおじいさんって、こんな素晴らしい絵を描く、画家だったの？」

「ああ、当時は、若き天才と、いわれたらしい」

「長谷見という画家の名前は、ほとんど聞いたことがないんだけど」

「二十五歳で召集されて、沖縄の戦争で、死んでしまったからね」

「じゃあ、この絵は、戦争中に描いた絵なのね」

「祖父は、昭和十八年に、召集されたんだが、沖縄に行く前に、描き残したらしい。どうしてだか分からないが、家の天井裏に隠してあったんだ」

「こんなに、素晴らしい絵なのに、どうして、天井裏に隠しておいたりしたのかしら？」

「僕にも、分からないが、戦争中だからね。こういう絵を、描くのは不謹慎だと、思われたんじゃないのかな？　孝徳天皇の一人息子が、罠にはまって、殺されてしまう。そういう歴史を描いた絵なんだから」

明が、言うと、

「でも、それだけじゃないと思うわ」

と、由美が、いう。

「ほかに、何かあるかな？」

「分からないけど、もう少し深い理由があって、あなたの、おじいさんは、この絵を描き、それを、天井裏に隠してから戦争に行ったんだと、思うわ」

「そうだ。君に借りた大化の改新の本を返さないとね。面白かったよ」

「じゃあ、もっと、あの頃のことを書いた本を読んだほうがいいわ。歴史的に、あの頃は、いちばん面白い時代だと、私は思っているの」

と、由美が、いった。

「具体的に、どんなふうに面白いんだ？」

「あの頃は、大化の改新とか、壬申《じんしん》の乱とかがあったんだけど、日本の歴史の中で、女性の天皇が、いちばん沢山《たくさん》生まれた時代なの。推古《すいこ》天皇というのも女性だし、大化の改新の時に、天皇だった皇極も女性だし。もちろん皇極が重祚《ちょうそ》した斉明天皇も女性。持統《じとう》天皇も女性」

「どうして、その頃、女性の天皇が、多いんだろう？」

「本の受け売りなんだけど、当時は一夫多妻だから、天皇の子供が、たくさん生まれてしまう。天皇が亡くなると、後継者争いが激しかった。そこで、一時的に、亡くなった天皇のお后《きさき》が女帝になって、後継者争いを抑える。それで、この頃は、女帝が、多かったらしいわ」

「でも、その女帝が、死んだら、やっぱり、後継者争いが、起きてしまうんじゃないのか？」

「その通りなの。今いったように、この頃は、女帝が、たくさん生まれているけど、同時に、後継者争いも激しかった。今、あなたがいったように、お后が、天皇になって、後継者争いを抑えるんだけど、その女帝が死ぬと、当然、後継者争いが起きてしまって、有間皇子だってそうだし、大友皇子《おおとものみこ》もそう。この大友皇子は、壬申の乱で殺されてしまった。聖徳太子《しょうとくたいし》の息子もそう。ほかにも何人か、殺されてしまっているわね」

「そういう時代だったんだ」

「そうね。だから一層《いっそう》、小説の題材になるし、確か、有間皇子のことも小説か演劇の題材になっているはずだわ」

と、由美はいい、続けて、

「絵を見せていただいたお礼に、夕食を奢《おご》るわ。このへんで、よく行く店へ、案内してくれない？」

「よく行く、そば屋があるんだけど、それでもいいかな？」

「結構よ。私、おそばが大好きなの。おそばなら、太らなくていいわ」

と、由美が、笑った。

自宅マンションから歩いて、七、八分のところにある、そば屋だった。

明はそこに、由美を、案内した。

今流行《いまはや》りの、手打ちそば、十割そばが売りの店なのだが、本当に、十割かどうかは分かっていない。

二人はそこで、天ぷらそばを、食べることにした。箸《はし》を動かしながら、由美が、

「編集長の話だと、畠山先生に、捕まっちゃったんだって？」

と、笑いながら、いった。

「それで、困っているんだ。一緒に座談会に出て、戦争中のことを話してくれっていうんだけど、何しろ、僕は、戦争のことなんか、全然知らないからね」

「でも、あなたの家は、元々、有名な料亭で、戦時中も、政府の偉い人や、陸海軍の将校さんなんかが、食事に来ていたといっていたでしょ。そのことを話せばいいじゃないの？」

「簡単にいうけどね、あまり聞いていないんだよ」

「分からなかったら、勉強すれば、いいじゃないの。きっと、あなたの、ひいおじいさんなんかが書いたものが、どこかに残っているはずだわ」

「ああ、それらしいものを、いくつかもらったんだ、まだ見ていないけどもね」

と、明が、いった。

その夜、明は、布団に入ってから、ノンフィクションライターの、渡辺に渡された本や雑誌に、目を通すことにした。

その雑誌の中に、長谷見裕太郎という名前があったからである。彼が寄稿した短いエッセイのタイトルは、「料亭さくらの戦中戦後」になっていた。

4

長谷見裕太郎が、亡くなる二年ほど前に、書いたものだった。

「私は、太平洋戦争が始まった時、領事としてアメリカにいた。開戦と同時に拘束され、昭和十七年、交換船で日本に帰ってきた。そのまま、外務省に勤めていてもよかったのだが、私は、辞表を出した。

領事として、アメリカにいながら、日本のために、何の役にも立たなかった。そうした気持ちからである。

私の家は、代々、鎌倉《かまくら》で、かなり大きな料亭を、やっていた。その『料亭さくら』の、オーナーになったのである。

『料亭さくら』は、戦前から、政府の高官や、陸海軍の高級将校さんたちに愛され、食事や会合に、使われていた。そのお陰で、戦局が悪化した昭和十八年以降も、そうした人々に愛され、利用されてきた。

運がいいのか、戦災も受けず、戦後も『料亭さくら』が、続いている。

当時のことを考えると、『料亭さくら』を、愛してくださった方々の顔が、思い浮かぶ。

首相時代の、東条さん。戦争に反対なされていた、江成《えなり》さん。戦後、総理大臣になって、日本のために尽くされた吉田茂《よしだしげる》さん。

そうした人たちの、顔や名前が浮かぶ。激動の時代に、生きたという感じが、してならない。

そのほかにも、さまざまな思いがあり、それをいつか、公《おおやけ》にしたいという思いがあるが、果たして、公にすることが、いいのかどうか？　それを今、考えている」

これが、雑誌に載っていた、長谷見裕太郎、明の曾祖父のエッセイである。

その時、渡辺から、電話が入った。

「私が渡したもの、何か、読んでもらえましたか？」

と、きく。

「雑誌に、亡くなった、曾祖父の長谷見裕太郎の短いエッセイが載っていたので、それを読みました」

「それで、感想は？」

「戦争中の『料亭さくら』に、当時の、日本を背負っていた政治家や、陸海軍の将校が、来ていたことは、わかりましたが、どんなことがあったのか、あれでは分かりませんね」

「私は、長谷見裕太郎さんのことを、いろいろと、調べていましてね。ちょっと気になる事件が、戦争中に起きているんですよ。昭和十八年の十二月に長谷見裕太郎さんが、憲兵に連行されて、四ヵ月、勾留されているんです。その四ヵ月間、『料亭さくら』は、店を閉めています。これは、多分《たぶん》、東条首相の指示だったと思いますね」

「どうして、そんなことが、起きたんですか？」

「昭和十八年の後半は、戦局が、どんどん悪化していましたからね。どこの戦場でも、敗北が続いていたんです。それで、当時の総理大臣であり、陸軍大臣でもある、東条英機に対して、風当たりが、強くなった。逆に、東条のほうも、憲兵隊を使って、少しでも、自分に、反抗的な態度をとるような政治家や軍人がいると、手当たり次第に、逮捕させていた。この時も、長谷見裕太郎さんは、何か、したのではないでしょうか？　反東条的なことをね。それで、逮捕されたんじゃないかと、私は、推測しています。ただ、証拠がなくて、四ヵ月後、釈放されたんだと思いますが、その間に、あなたのおじいさんの、長谷見伸幸さんが、突然、召集を受けて、沖縄に行かされたんですよ。長谷見伸幸さんのことは、よく、ご存知ですよね？」

「いえ、知っているのは、二十五歳で召集され、沖縄の戦争で死んだこと、それから、若くて、天才的な画家だったということだけしか知りません。でも、長谷見伸幸は身体障害者で、そのために、兵役を免れていたんじゃありませんか？」

「ええ、そうです。だが、強制的に沖縄に送られてしまった。たぶん、東条英機が、長谷見裕太郎さんを、勾留したが、証拠が摑《つか》めないので、腹立ち紛れに、その息子の長谷見伸幸さんを、無理矢理召集して、沖縄に飛ばしたんだと、私は、思っていますけどね」

「しかし、どうして、東条は、そんなことをやったんですか？　長谷見裕太郎は、よっぽど、憎まれていたということでしょうか？」

「私も、その点を、ぜひ知りたいんですよ。昭和十八年から十九年にかけて、東条英機暗殺計画というのが、あったというのは、分かっているんです。それに、長谷見裕太郎さんが、どう、関係したのか？　あなたに、お願いがあるんですが、あなたの読んだ雑誌のエッセイでも、長谷見裕太郎さんは、いろいろな思い出があるが、それを公にしたほうがいいのか、それとも、しないほうがいいのか、迷っていると、書いてあるでしょう？　長谷見裕太郎さんは、昭和十七年に、交換船で日本に帰国して、『料亭さくら』のご主人になった。その時からずっと、日記をつけていたんじゃないのか？　そんな気がするんですよ。それを見たことが、ありませんか？」

「いや、そんな話は、聞いたことがありませんし、見たことも、ありませんね」

「亡くなったお父さんから、それらしいことを聞いたことも、ありませんか？」

「ありません」

「じゃあ、まだどこかに、埋もれているに違いない。何とか、見つけてもらえませんか？　それが、見つかれば、戦時中の、第一級の資料になると思うんですよ」

渡辺は、熱っぽく、いった。

5

それでも、明は、渡辺のいう、長谷見裕太郎の日記を探そうとする気には、なかなか、ならなかった。

渡辺は、もし、長谷見裕太郎の、日記が見つかって、戦争中の、東条英機暗殺計画に関する記述があれば、それは、大きな発見であるというが、明にしてみれば、今さら、それが公になったとして、どうなるものでもないという、冷めた思いがあった。

第一、曾祖父の、長谷見裕太郎が、日記を書いていても、それを発表していないということは、発表する気が、なかったのではないか？　そんな気も、するのである。

明は、そのことを忘れて、コーヒーを淹れ、ゆっくりと飲みながら、長谷見伸幸の例の絵を、眺める気になった。改めて、

（傑作だな）

と、明は、思った。

何といっても、主人公、有間皇子の目が素晴らしい。凜とした顔立ちなのに、目は

悲しみに沈んでいる。

じっと、絵を見ていると、主人公、有間皇子の悲しみが、ジワジワと伝わってくる。

明は、急に、手を伸ばすと、額縁の裏を開けてみた。

板を外すと、そこに字が現れた。赤い絵の具を使って、乱暴に書かれた文字である。

〈天と赤兄と知らむ　吾全ら解らず〉

この言葉のことは、由美に借りた本に出ていたから、すぐに理解できた。

有間皇子が、罪を受けた後、中大兄皇子に尋問された時に、答えた言葉である。

赤兄というのは、有間皇子を、焚《た》きつけて、罠にかけた、蘇我赤兄という役人であることも、明は、由美から聞いている。

それに、有間皇子は、時の斉明天皇に対して、反抗の軍を挙げたから、捕まったわけではない。

ただ、計画を立てた時点で捕まったのだから、間違いなく、自分は騙され、はめられたと、感じていただろう。自分が処刑されるとも思っていなかったのではないか。

だからこそ、「天と赤兄と知らむ、吾全ら解らず」と、叫んだに、違いない。

天というのは何なのか、分からないが、赤兄というのは、自分を騙した、当時の官僚である。

有間皇子にしてみれば、自分に対して、尋問する中大兄皇子に向かって、自分は真実を知らない。知っているのは、天と、私を騙した赤兄だけである。そういいたかったのだろう。

明は、絵を元に戻すと、裏に書かれてあった文章を、呟《つぶや》いてみた。

改めて、有間皇子の、絵と向かい合う。

そうしている間に、明は、若き天才画家といわれた、祖父、長谷見伸幸が、なぜ、この絵を遺して、沖縄に行ったのか、少しずつ、分かってくるような気がした。

長谷見伸幸は、身体障害者だった。右足が生まれつき曲がってしまっていて、きちんと立つことができなかったといわれる。だから、兵役を免れ、ひたすら絵を描くことに、専念していたのだろう。

それが突然、召集がかかり、沖縄に向うことになった、当時、それは、死の宣告に近かった。

なぜ、体が不自由で、走れない自分を兵隊に取り、激戦の地に、追いやろうとするのか？　その理由が、長谷見伸幸には、分からなかったに、違いない。

だが、戦争中、それも、戦局は悪化の一途を辿《たど》っていた。そんな時に、召集に対して、疑問を持つことは、許されなかったに違いない。

彼は最後に、有間皇子の絵を描き、それを自宅の天井裏に隠して、沖縄に出征して行った。

有間皇子は、亡くなった孝徳天皇の息子である。当然、天皇になるべくして、生まれた子供である。しかし、逆に、そのために罪をかぶせられ、処刑された。

その時、有間皇子は、なぜ、自分が、こんな目に、遭わなければならないのかと、悲しんだに違いない。

どうして、こんなことになるのか、自分には、分からない。天と、自分を罠にはめた蘇我赤兄だけが、知っている。

そういい残して、死んでいった。

天才画家だった長谷見伸幸は、自分の悲しみと疑問を、同じ境遇の有間皇子の肖像画に託したに、違いない。

明は、翌朝、まだ、暗いうちにマンションを飛びだすと、鎌倉にある「料亭さくら」に急いだ。

現場に駆けつけると、すでに、重機を使った解体が、始まっていた。

戦前、戦中、そして、戦後にかけて、鎌倉名所の「料亭さくら」として、商売を営んできた。その建物が、今、崩れ去ろうとしている。

明は、解体作業をしている、作業員のカシラを捕まえて、

「解体するのはいいが、何か見つかったら、すぐ、僕に教えてください。今日いっぱい、ここで見ていますから」

「いったい、何が、出てくるんですか？」

カシラが、きく。

「おそらく、日記のようなものだと、思っています。天井裏などから、それらしいものが、見つかったら、すぐ、僕に教えてください」

「分かりましたけどね。今までのところ、そんなものは、何も見つかっていませんよ」

と、カシラが、いった。

明は、少し離れた場所から、解体作業を見守ることにした。

作業は、荒っぽいというか、大仕掛けというか、庭の広さが、三千坪あり、建物が、二階建ての、敷地面積二百五十坪の「料亭さくら」は、たちまちのうちに、解体されてしまった。

明が、見ている限りでは、解体現場から、日記らしいものが、見つかった様子はなかった。

作業のカシラは、夕方、作業が終わると、明のところまでやって来て、

「残念ながら、日記らしいものは、ありませんでしたよ」

「ええ、見ていて、分かりました」

明が、いった。

翌朝の新聞の神奈川版のところに、戦前からの「料亭さくら」が、とうとう解体されてしまったというニュースが、載った。

その記事を読んだとみえて、渡辺が、出版社に、出社した明に、電話をかけてきた。

「とうとう、昨日、『料亭さくら』が、解体されてしまったそうですね。私も、何回か行ったことがあるので、とても残念です」

そのあと、渡辺は、

「長谷見裕太郎さんの日記は、見つかりませんでしたか？」

と、きいた。

「残念ながら、見つかりません」

「しかし、私は、長谷見裕太郎さんが書いた日記は、必ず存在する。そう、思ってい

るんですよ」

渡辺が、いうのに対して、明も、

「僕も、ここへ来て、曾祖父の書いた日記が、必ずあるだろうという考えに、変わってきました」

「それなら、是非、何とか探してもらえませんか？　何度もいいますが、日本の、戦中の謎を、解き明かすことができるかもしれないと、思っていますからね。私も、探しますが、あなたも、探してください」

そういって、電話を、切った。

明も、電話で、渡辺にいったように、曾祖父、長谷見裕太郎の日記は、ありそうな気がしてきた。そして、それを見たくなった。

しかし、どこを探したらいいのか、見当もつかない。

隣の岡田由美に、相談すると、

「どこにありそうか、想像がつかないの？」

「ああ、全然、想像がつかない。何しろ、今まで、曾祖父の、長谷見裕太郎のことなど、考えたこともなかったからね。彼の日記が出たら、素晴らしいだろうと、思ったこともなかったんだ」

「でも、今は、違うんでしょう?」

「ああ、今は、是非とも、読んでみたいと思う」

「あなたの家庭って、親戚、知人がたくさんいるような気がするんだけど」

「ああ、たくさんいる」

「じゃあ、その親戚の人たちに、まず、聞いてみたら? 長谷見裕太郎さんの日記を、預かっていないかって。畠山先生も、ノンフィクション作家の、渡辺さんも、長谷見裕太郎さんに、興味を持っているわけでしょう?」

「そうらしい」

「それなら、畠山先生みたいに、長谷見裕太郎と、彼が書いた日記に、興味を持っている人が、きっと、何人もいると思うの。その人たちにも、聞いてみたほうが、いいと思うわ」

明は、携帯を使って、片っ端から、親戚に電話をかけていった。

しかし、一向に、長谷見裕太郎の日記を、預かっているという答えは、返ってこなかった。

次は長谷見裕太郎と、彼が書いたであろう日記に、関心を持つと思われる人たちへの電話である。

しかし、明には、その人たちの名前が、分からない。

そこで、彼のほうから、ノンフィクション作家の渡辺に、電話をかけた。

「今、問題の日記を、一所懸命探しているところです。電話で、親戚中に、聞いてみたんですが、預かっているという返事はもらえませんでした。そこで、僕の曾祖父、長谷見裕太郎と、彼が書いた日記に、興味を持っている人たちに、電話をしてみようと思うんです。長谷見裕太郎の生前に、訪ねてきて、日記を預かった人が、いるかもしれませんから。ただ、僕には、その人たちの名前がわかりません」

明が、いうと、渡辺は、

「そうですね。私が、電話をかけ回るよりも、あなたがかけたほうが、効果があるかもしれない。何しろ、あなたは、問題の長谷見裕太郎の血を、引いているんだから」

と、いい、

「これから、名簿を、ファックスで送りますよ」

五分ほどして、ファックスで、名簿が送られてきた。そこにあったのは、全部で、十四人。明の知っている、第二次大戦の研究家の名前もあった。

明は、その名簿を机の上におき、携帯で、片っ端から電話をかけていった。

相手が出ると、明は、こういった。

「私は、長谷見明といいまして、長谷見裕太郎の曾孫に当たります。ここに来て、太平洋戦争を、もう一度、振り返ろうという空気が、出てきています。私自身も、私の曾祖父が、長谷見裕太郎で、戦時中、和平について、当時の、政府の有力者や、陸海軍の将校と話し合ったと、聞いたことがあるんです。そのことを、綴《つづ》った日記があるとも、聞いています。もし、あなたが、生前の、長谷見裕太郎からその日記を預かっていたら、是非、見せて頂きたい。またどこにあるかを、ご存知なら、教えていただければ、私が、探します」

何しろ、明は、たくさんいる親戚にかけ、今度は、長谷見裕太郎と、彼の日記に興味を持っていると思われる十四人に、次々に電話をかけていく。

次第に、声が掠《かす》れてきた。

しかし、十四人全てに電話しても、依然として、明自身が、喜ぶような返事は、聞くことができなかった。

第二章　有間皇子の謎を追う

1

明は、編集長に、三日間の休暇を取りたいと、いった。

「六五八年十二月に亡くなった、有間皇子のことを調べたいのです」

明が、いうと、

「それで、例の座談会には、出る決心がついたのかね？」

編集長が、きく。

「そのために、有間皇子について、調べてみたいんです。僕の祖父の長谷見伸幸は、二十五歳の時に突然召集され、沖縄で戦死しています。祖父は、若い時から天才と呼ばれていた画家だったのですが、それまでは、身障者のため、兵役を免れていたんです。ところが、なぜか急に召集され、沖縄に行かされて死んでしまいました。その長谷見伸幸が最後に描き残したのが、有間皇子の絵なんですよ。祖父が、どうして、そんな彼の絵を描き残したのか、それを調べてみたいんです」

「いいだろう」

「結果は、帰ってからご報告します」

「一つだけ、条件がある」

「何ですか?」

「岡田由美と、一緒に行け」

「どうして、彼女と、一緒に行かなければいけないんですか?」

「君の話を聞いていると、太平洋戦争のことよりも、有間皇子のことに、気持ちが入り込んでいるように見えるんだ。それでは困る。冷静な目で、見られる岡田由美に、一緒に行ってもらいたいんだよ」

「イヤだといったら、どうなりますか?」

「三日間の休暇は、認めないよ」

「分かりました」

「それじゃあ、明日からの取材について、至急、岡田由美と、打ち合わせをしろ」

と、編集長が、いった。

2

早速、社のそばにある喫茶店で、コーヒーを、飲みながら、明は、岡田由美と、明日からの、取材旅行について、打ち合わせをすることにした。

「僕は、できれば、一人で取材に行きたかったんだが、編集長が、どうしても、君を連れていけというんだよ。編集長は、僕一人で、取材に行かせるのが、心配らしい」

明が、いうと、岡田由美は、嬉《うれ》しそうに笑いながら、

「ここのところ、うちで、売れるような本が出ていないから、編集長は、今回の、三回の戦争についての座談会を、本にして、ベストセラーにしたいと考えているのよ。それで、やたら慎重になっているわけ」

「なるほどね」

「有間皇子について、いろいろと本で、調べたんでしょう？」

「ああ、めちゃくちゃに、調べたよ。調べていくと、十九歳で死んだ有間皇子のことが、次第に興味深くなってね。面白いんだな、これが。当時の日本と、なぜ、有間皇

子が、殺されることになったのか、それを考えるのが楽しいんだ」

「それで、有間皇子のことを調べに、どこに行くの？」

「まず、飛鳥に行こうと、思っている。当時の都は飛鳥だからね。そのあと、白浜温泉に行き、有間皇子が殺されたという藤白《ふじしろ》神社に足をのばしたい」

「楽しい旅になりそうね」

「そうなれば、いいとは思うんだが、有間皇子と、太平洋戦争の問題とが結びつかないと、編集長のご機嫌が悪くなるだろうな」

明は、自分に、いい聞かせるように、いった。

翌日、二人は、新幹線で、京都に向かった。

その新幹線の中で、明と由美は、三日間の、取材の打ち合わせというか、お互いが、今までに調べた、有間皇子のことについて、話し合った。

「正直にいうとね、今まで、有間皇子のことは、名前も知らなかったし、その頃の歴史にも、関心がなかった。祖父の長谷見伸幸の絵を見つけるまではね。あの絵を、見つけてからは、有間皇子のことや、当時の歴史を、自分なりに、徹底的に調べてみたんだよ。そうしたら、これが、やたらに面白いんだ」

明が、いった。

「あながた、いちばん興味を持ったのは、有間皇子のどこ？」

由美は、きく。

「この時代、有間皇子を含めて、何人もの、天皇になる資格を持った皇子たちが、君がいったように、次々に殺されているんだ」

明は、手帳を、取り出すと、それを見ながら、

「西暦六四三年に、聖徳太子の息子の、山背大兄王《やましろのおおえのおう》が、蘇我氏によって殺された。六五八年には、問題の有間皇子が、謀反の罪を着せられて殺されている。六八六年には、大津皇子《おおつのみこ》が殺されている。天武《てんむ》天皇が死んだ後、第一の後継者が、草壁皇子《くさかべのみこ》、大津皇子は、第二の順位の後継者だった。だから、草壁皇子を、次の天皇にしたい人たちによって、謀反の罪を着せられて、殺されたと考えられている。更に、七二九年には、長屋王《ながやおう》、彼は天武天皇の子の、高市皇子《たけちのみこ》の子だったから、当然、将来の天皇になる資格は持っていたんだが、当時、朝廷内に、力を持っていた藤原《ふじわら》氏によって、自殺に追い込まれている。ほかにも、同じように、天皇の子供に生まれながら、身の危険を感じて、皇子の地位を捨てて、出家した古人大兄皇子《ふるひとのおおえのみこ》がいるが、それでも、この皇子は、殺されてしまった」

「どうして、その頃、天皇の資格を持った皇子たちが、何人も、続けて次々に、殺さ

れてしまったのか、理由は分かったの？」

「君がいったように、当時は、一夫多妻で、天皇は、皇后のほかに、何人もの女性がいた。当然、何人もの天皇の血を受け継いだ子供が生まれる。例えば、天武天皇の場合は、関係のあった女性が十人いて、生まれた子供が十六人。そのうち、男の子が、十人いたから、一番から十番まで、次の天皇になる資格を持った、皇子がいたことになる。当然、その中で、激しい後継者争いが起きてくる」

「私も気になったことを、一ついいましょうか？」

と、由美が、いった。

「これも前にいったけど大化の改新の、前後なんだけど、この時期、やたらに女性の天皇が多いのよ。最初が、推古天皇。次が、皇極天皇。皇極天皇は、一度、退位するんだけど、また、復帰して、斉明天皇になっているわ。天武天皇が亡くなった後、后が、持統天皇になっている。わずか、百年足らずの間に、四代の女性の天皇が、生まれているのね。その理由だけど、今、あなたがいったように、当時は何人も後継者の皇子が、生まれてしまって、ライバル争いになってしまった。そんな時に、争いを、一旦《いったん》鎮めるために、亡くなった天皇の后が、そのまま天皇の地位に就いた。だから自然に、女帝が多くなったんだと思うわ」

「確かに、そうだな。僕も賛成だ。有間皇子の時は、天皇は斉明女帝だった」

「もう一つ興味を持ってるのは、あなたがいうように、四人もの若い皇子たちが殺されているんだけど、その中で、有間皇子だけが、飛び抜けて、さまざまな本で、取り上げられていることなのよ」

「確かに、そうなんだよね。大津皇子だって、天皇の後継者である資格を持っていて、有間皇子と同じように、謀反を企んだとして、殺されている。それなのに、どうして、有間皇子のほうが、有名なのか？　また、僕の祖父の、長谷見伸幸が、なぜ、大津皇子じゃなくて、有間皇子を描いたのか？　その理由を知りたいと思っているんだ」

「多分、万葉集《まんようしゅう》のせいだと思うわ」

と、由美が、いった。

「万葉集に、有間皇子の歌が載っているということか？」

「ええ、そう」

「大津皇子の歌だって、万葉集に載っているはずだよ」

「そうね。万葉集の中では、有間皇子も大津皇子も、ともに秀れた歌人として、名前を挙げられているわ。大津皇子についていえば、大津皇子自身の作った歌が、万葉集の巻の三に載っていて、こういう歌なの」

　由美は、メモを取り出して、その歌を読んだ。

「百伝《もも》ふ　磐余《いはれ》の池に　鳴く鴨を　今日《けふ》のみ見てや　雲隠《くもがく》りなむ」

（磐余の池で鳴く鴨を見るのも、今日を限りとして、私は、あの世へ旅立っていくのだろうか）

　これは、大津皇子が、死を覚悟して歌った歌で、他に三首が、のっている。それに関連して大津皇子の姉にあたる大伯皇女《おほくのひめみこ》の歌二首も、万葉集に載っていた。

「うつそみの　人なる我れや　明日よりは　二上山《ふたがみやま》を　弟世《いろせ》と我が見む」

（現世にいるこの私、明日からは、二上山を弟だと思って見続けよう）

「磯の上に　生ふる馬酔木《あしび》を　手折らめど　見すべき君が　在りと言はなくに」

（岩のほとりに生えているあしびを手折って見せたいのに、見せたい弟がこの世にいるとは、もう誰もいってくれない）

　有間皇子のほうは、まず、皇子の歌二首が、万葉集に載っている。

「磐代《いはしろ》の　浜松が枝《え》を　引き結び　ま幸《さき》くあらば　また還《かへ》り見む」

（今、私は岩代《いわしろ》の松の枝を結んで行く。万一、願いがかなって無事でいられたら、もう一度、ここに戻って、この松を見ることができるだろう）

「家にあれば　笥《け》に盛る飯《いひ》を　草枕　旅にしあれば　椎の葉に盛る」

（家にいたら立派な器に盛って、お供えする飯なのに、旅の身である私は、椎の葉に盛っている）

由美は、続けて、

「この二首が、有間皇子の歌なんだけど、有間皇子が、亡くなった後、彼に同情した何人かの人たちが、彼に捧げる歌を詠《よ》んでいるのよ」

一首目、
「磐代の　崖《きし》の松が枝　結びけむ　人は反《かへ》りて　また見けむかも」（長意吉麻呂《ながのおきまろ》）
（岩代の崖の松の枝を結んだというお方は、ここに再び帰り、この枝を見ることができたのだろうか）

二首目、

「磐代の　野中に立てる　結び松　情《こころ》も解けず　古思《いにしへ》ほゆ」（長意吉麻呂）

（岩代の野中に立っている結び松よ。お前の結び目のように、私の心は、ふさぎ結ばれて、昔のことがしきりに偲《しの》ばれる）

三首目。

「後《のち》見むと　君が結べる　磐代の　子松が宇礼《うれ》を　また見けむかも」（柿本人麻呂《かきのもとのひとまろ》）

（帰りに見ようと結んでおかれたこの松の梢を、皇子は見ただろうか）

「この三首は、当時の、宮廷歌人が詠んだ歌だわ。大津皇子のほうは、皇子自身の歌と、姉の歌が載っているだけだけど、有間皇子のほうは、彼の歌二首と、そのほかは、身内ではない、何人もの人が、後世、有間皇子を偲んで歌っているの。つまり、それだけ、人々が同情を寄せたんだし、彼は、謀反を起こしたとして、殺されたんだけど、本当は、罠にはめられた、無実だということを、後世の人は、みんな、知っていたんじゃないかしら？　だから、これだけ、有間皇子を哀悼する歌が万葉集に載っているんだと、私は思う」

と、由美は、いった。

二人は、京都駅で降りると、近鉄《きんてつ》に乗り換えた。

ここから、橿原神宮前《かしはらじんぐうまえ》まで行く京都線、橿原線が出ていて、更に、その先、吉野《よしの》まで行く吉野線に通じている。

二人は、特急に乗った。

初めて、飛鳥に行く明は、座席に腰を下すと、すぐ、旅行案内の本を広げた。

「飛鳥駅は、この特急を、終点の橿原神宮前で吉野線に乗り換えて、二つ目になってる」

「乗り換えなんて、面倒くさいわね。どうして、直通列車を出さないのかしら？」

「この本によると、君と同じ疑問を持つ旅人が多いとある」

「それで答えは？」

「線路の幅が違うと書いてある」

「同じ近鉄なのに？」

「今は、近鉄でも、最初は、別々の会社だったんだ」

と、明は、いってから、

「明日香《あすか》村を楽しむのなら、飛鳥駅より、橿原神宮前で降りる方が、便利だと書いてあるよ」

二人は、案内書に従って、終点の橿原神宮前で降りることにした。

なるほど、飛鳥行のバスが、何本も出ているし、タクシーも常駐していた。明が、タクシーを選んだのは、この土地生まれの運転手なら、こちらの質問に、答えてくれるだろうと、思ったからである。

二人は、五十代の運転手のタクシーに乗った。

「まず、甘樫丘《あまかしのおか》に行って下さい」

と、明は、いった。

甘樫丘は、標高わずか、一四八メートルだが、登ると、飛鳥全体が見えると、いわれる。

到着すると、運転手も一緒に登ってくれた。なるほど、三百六十度の視界である。

「ここは、蘇我蝦夷、入鹿の親子の館があったところで、今、発掘が進んでいます」

と、運転手が説明する。

「土地っ子のあなたから見て、蘇我氏は、どういう評価なの？　昔と同じように、天皇をないがしろにした悪人で、殺されても仕方がないのかな？」

明がきくと、運転手は、当惑の表情になって、

「私には、よくわかりません」

と、逃げてから、

「北の方角をごらん下さい。耳成山《みみなしやま》、畝傍山《うねびやま》、天香久山《あまのかぐやま》の大和《やまと》三山が見えるでしょう。その麓《ふもと》に、昔、藤原京がありました。西には、生駒《いこま》、二上の山並みが、ごらんになれます」

「それにしても、この飛鳥は、高いビルがないので、のどかでいいわ」

「何か条例で、規制されてるの？」

明が、きく。

「今は、明日香村全体が、風致地区になっていますが、その前は、この甘樫丘の上に、ホテルを建設する話もあったんです。さすがに、これには、みんなで反対しましたが」

と、運転手は、いった。

「このあと、飛鳥板蓋宮《いたぶきのみや》の跡を見たい」

明がいうと、運転手は、

「それなら、この丘を降り、飛鳥川を渡ったところです」

彼の案内で、二人は、飛鳥川を渡った。

平坦な土地の一角に、四角く溝が掘られ、石畳が造られていた。これが、板蓋宮の跡だと、運転手は、いった。

「意外に小さいのね」

由美がいうと、運転手は、

「これは宮殿跡ですから、飛鳥宮全体は、向うの飛鳥川まで広がっていました。それから、この宮殿が、飛鳥板蓋宮と呼ばれるのは、それまでの宮と違い、屋根を板葺《いたぶ》きにしたからだといわれています」

運転手が、いった。

「詳しいのね」

と、由美がほめると、

「ここに来るお客は、ほとんど、飛鳥のことを詳しく知りたくて、質問されるんです。それに答えなければならないので、自分で虎の巻を作って勉強しています」

「この板蓋宮で」

と、明は、由美に向って、

「中大兄皇子と、中臣鎌足が、蘇我入鹿を殺し、さっき見た甘樫丘にあった館で、父親の蘇我蝦夷が自刃したんだ」

「それが、乙巳《いっし》の変ね」

「その時が、皇極女帝だった。このあと、退位して、孝徳天皇になったんだが、孝徳が死ぬと、皇極が、復位して、斉明天皇になった。斉明は、この板蓋宮で政務をとっていたんだが、その時に、有間皇子の事件が起きた」

「斉明天皇が、ちょっと問題の女帝だったと聞いたことがあるんだけど」

「斉明天皇は、大きな事業を興すのが好きだったといわれている。香久山と石上山《いそのかみやま》(天理市《てんり》)の間に、長さ十二キロの運河を造り、二百隻の舟で、石上山の石を運んで、宮殿の東に石垣を造ったといわれる。人々は、この事業を批判して、運河を、狂心《たぶれごころ》の(正気とは思われない)渠《みぞ》と呼んだと書かれている」

「最後には、戦争まで始めたんでしょう」

「そうだ。問題の石垣は、見つかったと聞いたんだが」

と、明が、運転手を見ると、

「その石垣は、見つかっています」

「他に、斉明女帝で、何かないかな?」

「今の石垣のことも、そうですが、斉明天皇は、石に異常な興味を持っていたようで、この飛鳥に、石の王都を造ろうとしていたという人もいます」

「石の王都か」

「この近くに、石で造られた円形の亀形石造物と呼ばれる遺跡があり、斉明天皇は、それに水を流し込み、身を潔《きよ》めたあと、神事や政務に臨んだそうです」

「その水浴できる亀形石造物というのを見てみたいわ」

と、由美が、いった。

運転手の案内で、近くの丘に登っていくと、確かに、亀形石造物があった。亀の形に造型した円形の水がめである。底に溝が切ってあって、水を引けるようになっている。

「これを見ていると、斉明という女帝は、何事にも自信満々だったと思うわ。いわゆる男まさりというのかな」

「何事にも、自信満々か」

「失礼ですが——」

と、遠慮がちに、運転手が、声をかけてきた。

「これから、何処《どこ》をご案内したらいいんでしょうか？　高松塚《たかまつづか》古墳にしますか？　それとも、石舞台にしますか？」

「いや。もう、これで十分だ」

「しかし、まだ——」

「これから、南紀白浜に行きたいんだ。そうだ。白浜まで、行ってくれませんか？」

「しかし、遠いですよ」

「その遠さを実感するために、行くんです」

3

白石《しらいし》という運転手に、南紀白浜まで、行って貰《もら》うことになった。

「どのルートでも構わないから、一番短かいと思うルートで、白浜へ行って下さい」

明は、運転手に、それだけいって、リア・シートに腰を下し、由美に向って、興奮した口調で話し始めた。

「有間皇子の悲劇が、いつから始まったかと考えると、僕は、乙巳の変からだと思っている」

と、明は、いった。

「中大兄皇子と中臣鎌足が組んで、さっきの飛鳥板蓋宮で、蘇我入鹿を殺した事件でしょう。でも、その時は、まだ有間皇子は、出て来ていないわよ」

「そうだよ。ただ、皇子の父親が、事件に関係している。乙巳の変で、蘇我本家が亡びると、その時の皇極女帝が退位して、有間皇子の父親、孝徳天皇が、即位した。孝徳天皇は、改新の詔《みことのり》を出した。その後、これが、大化の改新ということになったんだが、『日本書紀』には、改新の詔という言葉は出ていても、大化の改新という文字はないんだ」

「孝徳天皇の下に新政府ができたわけでしょう。天皇の名前で、改新の詔が出たのなら、その内容は、調べてみたの？」

由美が、きいた。

「これは、一夜漬けだから、詳しいことは分からない。要するに、土地や人民の私有制度を廃止して、全てを、天皇のもとに集約して、新しい税法も作り、統一国家としてやっていくことになったんだと、僕は、勝手に解釈した。つまり、天皇を中心とした強力な中央集権国家が、この時に完成したんだとね」

「いわゆる一君万民ね」

「当時の政権内には、天に双日なく、国に二王なく、是の故に、天下を兼合わせて、万民を使いたまうべきは、ただ天皇のみという言葉があったといわれている」

「やっぱり一君万民なんだ」

「そうだね」

「つまり、その頃の日本、倭国は、近代国家になってたということなのかしら？」

「当時の近代国家というと、中国、唐だからね。倭国は、唐を必死に、まねようとしている。その努力は痛ましいほどだよ。都を、唐の都にまねて造ろうとしている。有間皇子の頃は、飛鳥京だが、その後、藤原京になり、平城京《へいじょうきょう》になり、平安京《へいあんきょう》になっていく。全て、中国の都を模倣しているんだ」

「他にも国の制度も、まねているわけでしょう？」

「孝徳天皇の改新の詔によって、今もいったように、天皇の力を大きくしたり、冠位を定めたり、税金を決めたりしている」

「それなら、かなり、近代国家になっているんじゃないの」

「形の上ではね。これも、読んだ本にあったんだが、近代国家に必要なのは、優秀な官僚と官僚制度だというんだ」

「日本には、それが無かったということ？」

「そうだよ。倭国の場合は、その後も、力を持つ豪族がいて、政治を動かしていたと、僕は思っている。だから、孝徳天皇が、改新の詔を出したあとも、天皇の地位をめぐって、有間皇子の悲劇があり、大津皇子が殺され、長屋王も殺されている。つまり、何人もいる皇位継承者の一人が、力のある豪族と手を結べば、それが次の天皇になってしまう。だから、血まみれの争いになったと思う」

「でも、乙巳の変で、一番力を持っていた蘇我氏が亡びたわけでしょう？」

「それは、正確にいえば、蘇我本家が亡びたんで、蘇我分家の方は、その後も、力を保ち続けるんだ」

「でも、私は、蘇我氏滅亡と習ったわよ」

「それは、改新の詔が、いつの間にか、大化の改新になったのと同じだよ。当時の政府は、倭国が近代国家になったことを、必死になって示そうとしていたからね」

「中国、唐は、近代国家になっていたの？」

「当時、すでに、有名な科挙試験が実施されていたといわれているんだ。科挙制度はその後、弊害がいわれるが、とにかく、門閥にとらわれず、優秀な官僚を育てる力になったんだ」

「少しばかり、悲しくなってきたわ」

「その後、孝徳天皇は、都を飛鳥から難波《なにわ》に移している。このことが、有間皇子の悲劇の二幕目になったと、僕は思っている」

「あなたのいうとおり孝徳天皇は、都を難波に移したんだけど、その後、突然、中大兄皇子は、退位した皇極上皇、それに、孝徳天皇のお后、弟の大海人皇子《おおあまのみこ》たちを連れて、飛鳥に帰ってしまうわけね。難波には、一人だけ、孝徳天皇が残ってしまった。皇太子や、おまけに、姉の皇極上皇、皇后まで、自分を捨てて、難波から飛鳥に戻ってしまった。周囲の人間が、全て、自分に反抗してしまったから、孝徳天皇は、失意のうちに、亡くなってしまった。そうなると、孝徳天皇の一人息子の、有間皇子が、そのあとを継ぐのが自然なんだけど、どういうわけか、前の女帝だった皇極が、再び、天皇の地位に就いて、斉明天皇になった。この時、女帝は、六十二歳になっていたと聞いたわ。これが有間皇子の第三の悲劇かもしれないわね。その頃、十六歳だった有間皇子は、父の孝徳を、失意のうちに死なせてしまった、斉明や中大兄皇子のことを、快くは思っていなかった。これは、確かだと思うわ」

「自分の周囲は、敵だらけだから、有間皇子は、自分の身が危ないと感じて、仮病を使っていたといわれているんだ」

「その話は、私も、読んだわ。有間皇子は頭がよくて、自分が、どんな立場にいるのか、よく分かっていたんだと思う。だから、仮病を使ったんでしょうね。それを本当と思わせようと、今の南紀白浜の温泉に、治療に出かけていたんだわ」

「だから、これから、僕たちも、白浜へ行ってみるんだ」

と、明は、由美にいった。

当時、白浜温泉は、牟婁《むろ》の湯と呼ばれていた。飛鳥宮に住んでいた天皇や、その周りの人たちは、この牟婁の湯に、治療に出かけていたらしい。

斉明天皇や中大兄皇子たちが、どういうルートで、飛鳥から今の白浜へ向かったのだろうか？

倭国には、東海道《とうかいどう》、東山道《とうさんどう》、北陸道《ほくりくどう》、山陰道《さんいんどう》、山陽道《さんようどう》、南海道《なんかいどう》、西海道《さいかいどう》の七道の道路があった。

その七道に駅《うまや》が作られ、通行する役人に、食料や馬を提供したのは、西暦七〇一年、大宝律令《たいほうりつりょう》が施行されてからである。有間皇子が、殺されたのは、六五八年。それよりも、四十三年前ということになってくる。

その頃、飛鳥から白浜温泉に向う旅の時に、すでに、便利な駅が途中にあったか、馬が用意されていたかどうかは、分からない。

ただ、六五八年頃には、すでに、朝鮮半島から渡来人が多数、大和にも来ていたし、当然、それに伴って、馬も来ていたに違いないから、斉明天皇や中大兄皇子たちが、飛鳥から白浜に向う時に、馬が使われたことは、十分に考えられる。

「有間皇子は、精神的な病を治そうと、飛鳥宮から白浜温泉まで出かけている。病が回復に向ったので、有間皇子は、飛鳥に帰り、斉明天皇や中大兄皇子に、白浜の温泉、当時の牟婁の湯で病気が回復に向いましたと報告すると、斉明天皇も喜んで、中大兄皇子たちと、牟婁の湯に向った。二日がかりで、飛鳥から牟婁の湯まで、到着したといわれている」

「白浜まで、歩いていったのかしら？」

「いや、歩いていったとは思えないね。斉明天皇は、その時、六十二歳だったとも、六十七歳だったともいわれているし、道路も、今に比べれば、かなり悪かっただろうから、歩いていくのは、到底《とうてい》無理だ。馬に乗ったか、あるいは、お神輿《みこし》のように、人々に担がれて、輿《こし》に乗っていったんだろう」

「各街道沿いに、駅が作られて、そこに馬が用意されていたのは、大宝律令の時からだから、斉明天皇の頃は駅舎があったり、馬が用意されていたことなんて、なかったんじゃないの？」

「確かに、七道を管理する駅制が、布《し》かれたのは、大宝律令によってだから、有間皇子の頃は、駅舎はなかったかも知れないが、馬が旅行に使われていたことは、間違いないと、思うんだよ。当時、宮廷では、一月に白馬《あおうま》の節会《せちえ》というのがあって、天皇が芦毛《あしげ》の馬を鑑賞することで邪気を払うという儀式があったと、書かれている。万葉の歌人の中に、大伴坂上郎女《おおとものさかのうえのいらつめ》という女性がいて、彼女の歌に、『佐保河《さほがわ》の　小石踏み

渡り　ぬばたまの　黒馬《くろま》の来る夜は　年にもあらぬか』というのがある。これは、あなたが、黒馬に乗ってやってくるのを、私は待っているといった内容の歌だから、これを見ても、その頃、すでに、馬に乗ることは、普通だったんだ」

「それじゃあ、斉明天皇や中大兄皇子たち一行は、馬を使ったか、あるいは、女帝が輿に乗って担がれて、飛鳥宮から、白浜温泉に向ったというわけね。でも、まさか、私たちは、そんなマネするわけじゃないでしょうね？」

と、由美が、笑った。

「もちろん、そんなことはしないさ。われわれは、文明の利器の車で、今、白浜に向っている」

と、明が、いった。

4

タクシーは、白浜温泉に着き、二人は、観光案内を見た。

白浜温泉は広い。

二人は、牟婁の湯という文字を探した。白砂青松で有名は白良浜《しららはま》と、景観が有名な千畳敷《せんじょうじき》との間に、牟婁の湯という文字があるのを発見した。

タクシーで、そこに向う。

牟婁の湯と、大きく書かれた、二階建ての公衆温泉の建物が見つかった。

二人は車を降り、その近くにある湯崎《ゆざき》七湯と、書かれた石碑にある文字を読んだ。

湯崎七湯は、昔は牟婁の湯と呼ばれていて、七つの湯があると書かれている。

近くを歩いてみると、有間皇子の碑と書かれた、石碑が見つかった。

その碑のそばに立つと、白砂青松の、白良浜が遠望できた。おそらく昔も、斉明天皇一行が、牟婁の湯に来て、海に目をやると、同じように、美しい白い砂浜が見えたことだろう。

ほかにも、牟婁の湯の説明が書かれた石碑が、見つかった。それには次の文字があった。


「湯崎七湯について　この地、湯崎は、いにしえの頃から牟婁の温湯《いでゆ》と呼ばれ、飛鳥時代（一三〇〇年前）よりすでに、大和朝廷に知られ、斉明、天智《てんじ》、持統、文武《もんむ》の諸帝が臨幸の際、沐浴《もくよく》されたと『日本書紀』にも記されております。

湧出泉温六三度、湧出量毎分二五〇リットル」

牟婁の湯の近くの海岸に、有間皇子の恋人だったのではないかといわれる「真白良《ましら》媛《ひめ》」の像が立っていた。

もちろん、真白良媛は、実在した姫ではない。有間皇子のことを、思って創られた空想上の愛人だろう。

そのせいか、純白の像は、日本の古代の衣装を着ていなくて、まるで、ローマ神話のヴィーナスの像のように見える。

有間皇子に、関係のありそうなものは、全て写真に撮ってから、この日は、白浜温泉で一泊することにした。

二人が泊まることにしたのは、牟婁の湯から見えた、白砂青松の美しい白良浜に面したホテルである。

夕食はホテルの中の、レストランで済ませたが、すぐに、部屋に帰って眠る気になれず、二人は、ロビーで有間皇子について話し合った。

明は、有間皇子のことに、興味を持ち始めてからというもの、彼の死について、何冊もの本を読んできた。

岡田由美も、同じように、というよりも、有間皇子について、前々から興味を持って調べていた。いわば、明にとって、由美は先輩なのである。

コーヒーを飲みながら、明は、

「有間皇子の死は、乙巳の変から始まったと、僕は思っている」

と、繰り返した。

蘇我氏は、自分たちの娘を、何代もの天皇のお后として宮中に入り込ませ、政治の実権を握るようになった。

それに、対抗して、中大兄皇子が、中臣鎌足と示し合わせ、飛鳥の板蓋宮で、蘇我入鹿を殺し、父親の蝦夷も自宅で自刃させた。

これが乙巳の変である。

その時の天皇は、女帝の皇極だった。

この変で、蘇我本家が滅びると、皇極女帝が退位して、弟の軽皇子が、孝徳天皇になった。孝徳天皇は、有間皇子の父親であった。

実権を握っている中大兄皇子は、難波宮に移った孝徳天皇を捨てて、退位した皇極女帝や、自分の弟の大海人皇子、そして、孝徳天皇の后まで連れて、難波宮から元の飛鳥宮に引き上げてしまった。反抗である。なぜ、こんなことをしたのか。

一人、難波に取り残されてしまった孝徳天皇は、失意のうちに亡くなった。

次の天皇には、朝廷で実権を握っていた中大兄皇子か、孝徳天皇の子である有間皇子の、いずれかがなるはずだったが、なぜか、一度退位した皇極女帝が、再び天皇の地位に就き、斉明天皇と呼ばれるようになった。

有間皇子は、自分がライバルの中大兄皇子に、命を狙われるのではないかと恐れて、仮病を使い、治療と称して今の白浜温泉、牟婁の湯で過ごしていたが、いつまでも仮病を使っているわけにもいかず、飛鳥に帰って、牟婁の湯のおかげで、体がよくなりましたと、斉明天皇に報告した。

そこで、斉明天皇は、中大兄皇子や、ほかの人々を連れて、牟婁の湯に出かけた。

飛鳥宮に残った有間皇子のところに、蘇我氏の本家ではなくて、分家の蘇我赤兄がやって来て、こう進言した。

今の斉明天皇には、三つの失政がある。

第一は、大きな倉庫を建てて、人民から物を収奪している。

第二に、都に長い溝を掘らせ、国家財政を浪費している。

第三には、船で大量の石を運ばせて、それを積み上げているが、意味のない労役で人々は疲れ切っている。

赤兄は、この斉明天皇の三つの失政を挙げ、今こそ、立ち上がるべき時ではないかと、けしかけた。

有間皇子は、父の孝徳天皇が、中大兄皇子などに背かれて、失意のうちに亡くなっていたので、斉明天皇や中大兄皇子らが、牟婁の湯に行っている間に、決起しようと考えた。

計画を立てている時、それを見越したように、蘇我赤兄は、有間皇子の館を軍隊を使って取り巻き、逮捕した。

そして、牟婁の湯に行っている、斉明天皇や中大兄皇子のところに、有間皇子の身柄を護送してしまったのである。

最初から、蘇我赤兄は、有間皇子を騙したのだ。

「今では、多くの人が、有間皇子は、騙されて、逮捕されたと思っている」

と、明が、いった。

「だからこそ、後の世になって、有間皇子を祀ったり、有間皇子の足跡を訪ねて、そこに碑を建てたりしたのよ。それだけ、悲運の皇子として、有間皇子は、人気があるのだと思うわ」

と、由美も、いった。

「問題は、どうして中大兄皇子たちが、そんな卑怯《ひきょう》な手まで使って、有間皇子を罠にかけ、反逆の罪で、殺してしまったのかということだよ。その理由を、ぜひとも知りたいね」

明が、いうと、由美は、

「私が読んだ本では、中大兄皇子が企んだことだと書いてあったし、中大兄皇子は、当時、朝廷では、実力第一の一人で、何も怖いものがなかった。その上、斉明天皇も、中大兄皇子の味方だったのよ。それで、有間皇子は、殺されるのではないかという予感におびえて、仮病を使ったとまで、いわれているの。そんな有間皇子を、どうして殺してしまったのか？　反逆するほどの力は、有間皇子には、なかったんじゃないのかと、本には書いてあったわ」

「僕も、有間皇子や中大兄皇子のことを読んでいると、その説には同感なんだ。父親の孝徳天皇も、中大兄皇子や妃にまで反抗されて、失意のうちに亡くなったといわれている。確かに、有間皇子には、天皇になる資格はあったけれども、それだけの実力はなかったともいわれている。それなのに、なぜ、罠にはめてまで、有間皇子を殺さなければならなかったのか？　僕にも、そこがよく分からないんだ」

「じゃあ、理由は、他にあったんじゃないの？」

「同感なんだ。本当の理由が分かればと、僕も思っている」

と、明が、いった。

「あなたの頭の中では、それは、どこかで、あなたのおじいさんの長谷見伸幸さん、二十五歳の若き天才画家といわれた人が、なぜ突然召集され、沖縄に飛ばされて、そこで亡くなったのか、その理由も、分かってくるんじゃないかと期待しているんじゃないの？」

「そうなんだよ。その共通するものが見つかれば、僕は進んで、編集長のいう座談会に、出られると思っているんだ」

5

翌朝、ホテルで朝食を取ると、二人は白浜駅から紀勢本線で、岩代に向かった。

岩代駅は、小さな駅である。白と青の二色のペンキを塗ったばかりといった感じの駅である。

二人は、その駅で降りると、国道四十二号線を北に向かって歩いていった。
二、三十分歩くと、「有間皇子　結びの松の記念碑」と書いた立て看板にぶつかった。

「和歌山県指定文化財　史跡　岩代の結松

斉明天皇四年（六五八）十月、天皇と皇太子、中大兄皇子（後の天智天皇）は、紀の湯（白浜湯崎温泉）に行幸された。

孝徳天皇の遺児、有間皇子は、留守官、蘇我赤兄の口車に乗せられ、謀叛のかどで捕えられ、天皇のもとに護送された。

その途中、紀の湯を眼前に望み、当地の松の枝を結び、自分の命の平安無事を祈って、歌を詠まれた。

有間皇子自ら傷みて松が枝を結ぶ歌

『磐代の　浜松が枝を　引き結び　真幸くあらば　また還り見む』

『家にあれば　笥に盛る飯を　草枕　旅にしあれば　椎の葉に盛る』

（萬葉集巻二）

有間皇子は、紀の湯で、中大兄皇子の訊問に対して『天と赤兄と知る　吾全知らず』と答えられたが、帰路十一月十一日、藤白坂において、十九才の若さで絞殺された」

案内板には、そう書いてある。

その向こうに、有間皇子の歌碑と、問題の結び松を、見ることができた。

結び松は、意外と小さなものだった。

有間皇子は、反逆の疑いで逮捕され、飛鳥から牟婁の湯まで護送され、中大兄皇子から、尋問された。

その途中、岩代まで連行され、ここで、自分の気持を歌に詠んだ。有間皇子は、どんな気持だったのだろうか？　歌をそのまま読めば、自分は、助かると思っていたのではないか。確かに、反逆の計画は立てたが、それは、蘇我赤兄に、そそのかされたものだし、実行されていなかったからである。

ところが、都へ帰る途中、中大兄皇子の使いが追いかけて来て、藤白峠（和歌山県海南市）で殺されてしまった。中大兄皇子が、わざわざ、有間皇子を、都へ護送する一行を、追いかけさせて、途中で殺したのか。それは、今でも、昔でも、謎だったらしい。

二人は、再び列車に乗って、紀伊宮原《きいみやはら》駅まで行き、そこから熊野古道に入った。二人は、説明書を頼りに、熊野古道を歩いていった。

急な上り坂や下り坂があったりして、日頃、あまり足腰を鍛錬していない二人は、すぐに息を切らしてしまった。

時間をかけて、山口《やまぐち》王子に着いた。

熊野古道には、この山口王子のほかにも、一壺《いちつぼ》王子、所坂《ところざか》王子、橘本《きつもと》王子など、王子の名前のつく、小さな神社が続いている。

四十分かけて、蕪坂《かぶらさか》王子、そこでも一休みして、二十分で拝《はい》の峠、二時間以上かけて、ゆっくりと歩き、やっと有間皇子神社という立札に辿《たど》りついた。

熊野古道から直接、有間皇子神社の境内に入っていけるようになっている。元々、ここは藤白神社だった。

ところが、近くの藤白坂で有間皇子が、追っ手の手によって、絞殺されてしまったから、その霊を弔うため、藤白神社の境内の一隅に、昭和に入ってから、有間皇子神社を、造ったということだった。もちろん、有間皇子神社のほうが、小さく、遠慮がちに造られている。

その有間皇子神社を覗くと、有間皇子の絵が描かれ、木彫りの像が安置されていた。

そして、「悲劇の皇子、有間皇子　一三五〇年イベント　熊野古道藤白坂で散った十九歳の貴公子、有間皇子を偲ぶ」と書かれたポスターが貼ってあった。

有間皇子祭りは、十一月九日なのだが、今日は有志が集まって、境内に作られた舞台で記念の催しが、開催されていた。

二十人ぐらいの人々が、舞台の前に腰を下していたが、中には、飛鳥時代の服装をしたカップルもいる。

明たちも、空いているイスに腰を下して、しばらく舞台を見ることにした。

最初に、和歌山大学の、准教授がマイクに向かって、有間皇子の悲劇について説明した。

その後、当時の女性の服装をしたスタッフが、マイクに向かって、有間皇子が遺した二つの歌を朗読する。

次には、四人の女性と四人の男性によって、「故郷」という唱歌が斉唱された。明も知っている「兎《うさぎ》追いし　かの山　小鮒《こぶな》釣りし　かの川」という歌である。

その歌が、有間皇子と、どう関係があるのか、分からなかった。

たぶん、「故郷」という唱歌の歌詞が、有間皇子を、偲ぶにふさわしいと考えて、斉唱されたのだろう。

二人は、まだ、催し物が続いていたのだが、途中で腰を上げて、社務所で、有間皇子のことを書いたパンフレットをもらい、有間皇子が、絞殺されたという、藤白坂に行ってみることにした。

その前に、由美が、絵馬を二枚買ってきて、一枚を明に渡した。

再び熊野古道に出ると、藤白坂と書かれた道標《みちしるべ》が出ている。その矢印に従って、二人は、歩いていった。

藤白坂の近くは、周囲に竹林があったり、杉の木立があったりして、いかにも古い道という感じで、狭い急坂があったりする。

藤白坂に立って、海に目をやると、そこには、赤白に塗られた、高い煙突や送電線などが並ぶ工業地帯が広がっていて、そこにあるのは、古代の光景ではなくて、二十一世紀の光景だった。

もちろん、有間皇子が、ここで殺されたのだが、その時、皇子の目に入っていたのは、現代の町の姿ではなくて、青く広がる海だったに違いない。その時、有間皇子は、何を思っただろうか。

このあと、二人は、歩いて、JR海南駅に出た。

腹が空いたので、駅近くの中国料理の店に入り、少し遅い昼食を取ることにした。

昼食を済ませると、隣の喫茶店に入り、コーヒーを飲みながら、有間皇子神社でもらったパンフレットに目を通すことにした。

パンフレットは、有間皇子の父、孝徳天皇が、亡くなったところから、事件の説明が始まっていた。

前の皇極天皇が、再び女性の天皇になり、斉明と名乗り、中大兄皇子は、依然として皇太子に留まっている。

その時、有間皇子は、まだ十六歳。「幼いとはいえ、天皇の後嗣《こうし》でありました」と、書いてある。

その後、明が本で読んだように、有間皇子は、蘇我赤兄に騙されて、反逆を計画し、十一月五日、有間皇子は、天皇に対して、謀反を企てたという罪で、逮捕されてしまう。

十一月九日、斉明天皇がいる牟婁の湯に向かって、有間皇子の護送が始まった。

その途中、岩代の浜で、松の枝を結んで、自分の無事を祈った。その歌碑は、明と由美は、見ている。

その日の夕方、牟婁の湯に到着した有間皇子は、中大兄皇子に、厳しい尋問を受ける。

十一月十一日、有間皇子は、再び、飛鳥宮に送られることになったが、なぜか、その途中の藤白坂で、追っ手によって、絞殺されてしまうのである。

ただ、パンフレットに、書かれていることによると、その日付に無理があるという。

有間皇子は、飛鳥で捕らえられ、十一月九日に、飛鳥を出発、二日後の、十一日に処刑されているが、飛鳥から牟婁の湯までの間が、約百八十キロ、牟婁の湯から藤白坂までの間が、約百キロ、合計で二百八十キロ。それを、わずか三日間で進むというのは、到底無理であると、パンフレットには書いてある。

十一月十一日に、藤白坂で処刑されたのだが、なぜ、この藤白坂を選んで処刑したのか、そのことにも、パンフレットは、疑問を呈していた。

飛鳥宮に帰ってから処刑したのでは、有間皇子に同情的な人々が、飛鳥宮には多いので、そうした人に助けられて、有間皇子が逃げてしまう恐れがある。

と、いって、牟婁の湯で、中大兄皇子の尋問を受けた後、すぐに処刑したのでは、処刑した人物が、分かってしまう。

そこで、わざわざ、その途中の、藤白坂で処刑したのではないかと、パンフレットには書いてあった。

明は、パンフレットを読み終わると、由美に向って、

「もう一日、ここに泊まりたいと思っている。いろいろと、まだ調べたいことがあるんだ」

由美は、有間皇子神社で買ってきた、絵馬を見ていた。

有間皇子の歌が書かれ、少しばかり稚拙な、有間皇子の顔が描かれている。

「十九歳か」

由美が、小さくタメ息をついた。それに合わせるように、

「有間皇子は、どうして、十九歳で殺されてしまったのだろうか？　殺さなくてもよかったのに」

と、明が、いった。

第三章　藤白峠の死

1

二人は、海岸近くのホテルに、泊まることにした。

海南市は、歴史と自然の町と、いわれている。また、熊野古道への入口とも、いわれる。

明たちは、その熊野古道のほうから、藤白神社を通って、海南市に、逆に入ってきたのである。

ホテルのパンフレットによると、海南市は、温暖な気候を利用して、ミカン、モモ、ビワなどが、採れることでも、知られているという。海南市の南の、下津港《しもつこう》は、江戸時代、紀伊国屋文左衛門《きのくにやぶんざえもん》が、そこから、江戸に、船で、紀州ミカンを運んだことでも有名だといわれていた。

しかし、明は、そうしたことよりも、今日調べたことで、頭がいっぱいになっていた。

その点、由美は女性らしく、ホテルの土産物コーナーに行って、職場の編集長や同僚に、紀州ミカンを送る伝票を書くのに忙しい様子だった。

それでも、夕食の時には、さすがに、今日歩いた、熊野古道や藤白神社、それに、有間皇子が殺された藤白峠などのことを、話し始めた。

「今日で、有間皇子のことは、調べつくしたんじゃないの？　明日が三日目だけど、まだほかに何か、調べることがあるの？」

由美が、きく。

「あと二つ調べたいことがあるんだ」

「それは、何なの？」

「一つは、有間皇子が逮捕された後に、中大兄皇子の尋問に答えて、『天と赤兄と知らむ、吾全ら解らず』といっているんだが、有間皇子は、いったい、何がいいたかったのか、それを知りたい。この言葉は、僕の祖父の長谷見伸幸も、例の有間皇子の絵の裏に、書きつけているんだ。多分、彼も、有間皇子と同じく、なぜ、自分が、突然、召集を受け、なぜ、沖縄という激戦地に行かされるのか、その理由を知りたかったんだと思うね」

「それで、有間皇子関係の本を、夢中になって、読んだんでしょう？」

「そう。夢中で、読んだ」

「どんな結論になったの？」

「これは、僕の勝手な結論で、間違っているかも知れないんだが」

「聞いてあげるから、話してみて」

「有間皇子の悲劇の原因は、十三年前に起きていたと、僕は、結論したんだ」

「でも、十三年前だと、有間皇子は、まだ六歳よ」

「そうだ。もちろん、有間皇子は、知らないだろうが、十三年前に、事件が起きていたんだ」

「十三年前というと何があったのかしら？」

「六四五年六月に乙巳の変が起きている」

「乙巳の変て、中大兄皇子が、中臣鎌足と手を組んで、蘇我入鹿を殺し、父親の蝦夷を、自刃させた事件でしょう？　私が習った教科書では、蘇我親子が横暴をほしいままにして、天皇の地位まで狙《ねら》っていたので、それを心配した中大兄皇子たちに、殺されてしまったとあったわ」

「それが、違うんだ」

「どう違うの？」

「中国では、徳ある者が、皇帝になる。血統は、それほど問題にならないが、日本の天皇の場合は、昔から、血統が重視されてきた。つまり天皇家の中から、次の天皇が選ばれるということでね。蘇我氏の馬子《うまこ》、蝦夷、入鹿に出来ることは、自分の娘を、天皇の后に推挙することで、彼等自身が、天皇になることは、不可能なんだ」

「じゃあ、乙巳の変で、入鹿が殺され、蝦夷が自刃に追いやられた理由は、他にあったということ？」

「そうだと、僕は考えた」

「それは、何なの？」

「朝鮮問題」

「外交問題ね」

「昔から、日本（倭国）にとって、朝鮮半島は、大きな問題だった。明治になってからは、朝鮮を植民地にし、更に進出して、満州国《まんしゅうこく》を造った。六四五年頃は、朝鮮は、百済《くだら》、新羅《しらぎ》、高句麗《こうくり》の三国に分かれていた」

「でも、三国に分かれていたのは、ずいぶん前からのことよ」

「ただ、乙巳の変の前年、六四四年には、朝鮮半島には、二つの問題が、起きていた。一つはこの三国に、いずれも、内紛が起き、攻め合うようになった。二つ目は、大国、唐が、半島に進出してきたことで、この事態に、どう対応するかが、大和朝廷にとって、大問題になった」

「それが、どうして、乙巳の変になるの？」

「当時、倭国は、朝鮮の三国を支配していると、いっていたが、これは、明らかに、誇大表示みたいなもので、大和朝廷が、何とか支配していたのは、百済だけだった。そこで、倭国は、百済を、『内宮家《うちつみやけ》』と、呼んでいた。植民地という感じだろうね。そうなると、百済の背後に、倭国がいるということで、新羅は、唐と手を結んだ。これが、乙巳の変の前年、六四四年の朝鮮状況で、大和朝廷は、対応を迫られた」

「当時は、皇極天皇ね？」

「そう。皇極天皇、これは女帝で、後の斉明天皇だけど、皇極と中大兄皇子のグループと、蘇我氏との対立になったと、僕は、思っている」

「内政ではなく、外交の対立？」

「そうだ」

「当然、皇極天皇と、中大兄皇子は、百済側に立っていたと見ていいわけね」

「そうだ」

と、明は肯《うなず》いた。

「その後、倭国は、百済を助けて、二万七千の軍隊を送り、朝鮮半島で、新羅・唐の連合軍に大敗しているからね」

「確か、白村江（ハクソンコウ）の戦いね」

「白村江（ハクスキノエ）ともいうらしいが、この事件を考えれば、皇極天皇と中大兄皇子が、親百済だったとしても不思議はないね」

「じゃあ、どうして、蘇我氏は、それに反対したの？」

「蘇我氏自身が、半島からの渡来人ではないかといわれているし、百済や新羅からの渡来人は、蘇我氏の下に入るから、蘇我氏は、半島情勢に詳しかった。その例として、半島からやって来た王辰爾《おうしんに》という百済人がいて、蘇我氏は、船の税金を徴収する監官として使っていたが、この王辰爾は、当時、倭国に届いていた高句麗の国書を、誰も読めなかったのに、読んだといわれている。そのくらい、蘇我氏は、外国の事情に詳しかったと思っている」

「唐の事情にも、詳しかったのかしら？」

「百済の王子が、倭国へ来た時、唐の俘虜《ふりょ》五十人を連れて来たという文書があるから、蘇我氏は、唐の事情にも、詳しかったと思うね」

「だから、親百済政策に反対した？」

「その政策を続けると、どうしても、百済と敵対する新羅と、戦うことになってしまうが、その背後には、大国、唐がいる。唐には、とても勝てない。それが、わかっていたので、蘇我氏、蝦夷と入鹿は、反対したんだと思うね。蘇我氏の力は強大だし、その上、大和朝廷で、外交問題を担当していた。蘇我氏を、どうにかしないと、自分の好きな外交政策は取れないと、皇極天皇と、中大兄皇子は、考えていたに違いないんだ」

「それで、内政問題にして、蘇我入鹿を殺し、蝦夷を自刃させて、蘇我本家を一掃したわけね」

「そう思うね」

「でも、蘇我本家を一掃したあと、皇極天皇は、退位してしまってるわよ」

「皇極は、自分が退位して、中大兄皇子を、次の天皇にしようと考えたんだと思う。その方が、強力な力になるからね。ところが中大兄皇子は、中臣鎌足に相談したところ、今、天皇になると、いろいろと、批判されると、忠告されて、辞退してしまった。

それで、皇極天皇は、自分の弟の軽皇子を推し、これが孝徳天皇になった」

「皇極や中大兄皇子は、自分のいいなりになると、思ったのかしら？」

「だと思うね」

「でも、そうならなかった？」

「そうなんだ。二人の思うようにならなかった」

「その証拠があるの？」

「二つある。一つは、孝徳天皇は、仏教を崇拝しているんだが、仏教を広めたといって、蘇我氏を賞讃している。二つ目は、六五三年と、六五四年の二回にわたって、孝徳天皇は、遣唐使を送っているんだ」

「それじゃあ、唐と仲良くしたらという政策じゃないの」

「だから、六五三年に、遣唐使を送ったあと、中大兄皇子と、不和になったと書かれている」

「じゃあ、新羅や唐と戦う気もないし、百済を助ける気もなかったということになるわね。だから、中大兄皇子と、不和になったというのも、わかるわ」

「困ってしまった中大兄皇子は、そこで、孝徳天皇を、孤立させることにした」

「そのことは、本で読んだわ」

「退位した皇極上皇、弟の大海人皇子、皇后の間人皇女《はしひとのひめみこ》、その他役人たちを連れて、難波宮にいた孝徳天皇を残して、飛鳥に引きあげてしまった。この計画は成功して、孝徳天皇は、即位してから九年で、寂しく亡くなってしまったんだ」

「そのあと、一度退位した皇極が、即位して、斉明天皇になったんだわね」

「これは、重祚《ちょうそ》と呼ぶらしい」

「これで、女帝と、中大兄皇子のコンビが、復活したわけだけど、朝鮮半島に出兵したのは、六年後の六六一年で、その間に、有間皇子の事件が、入るんだけど、出兵する前に有間皇子を、排除しておく必要があったのかしら？」

「斉明天皇と、中大兄皇子の二人のために、孝徳天皇が、孤立化して、失意の中に亡くなったことは、誰もが、知っているから、当然、その子の有間皇子に、同情が集まったと思うんだよ。有間皇子が、出兵に賛成か反対かは、わからないが、父親の孝徳天皇の考えと同じものを持っている筈《はず》だ。もし、出兵に反対を声明すれば、同情が集まって、やりにくくなる。そこで、機先を制して、罠にはめて、有間皇子を殺し、安心して、二万七千の大軍を、動かしたと、僕は、見ている」

「とすると、百済の援軍を派遣するために、有間皇子を殺したと見ていいのかしら？」

「有間皇子と一緒に逮捕された中に、守君大石《もりのきみおおいわ》という人物がいる。天皇への反逆者として、有間皇子は、処刑されているんだから、この守君大石も、当然、処刑される筈なのだが、この男は、すぐ釈放され、その上、二万七千の大軍を三つに分けた、その援軍の指揮を委《まか》されているんだよ。つまり、斉明天皇や中大兄皇子にとって、有間皇子一人を殺せば、あとは、どうでもいいどころか、優秀な軍人なら、大軍の指揮を委せているということだよ」

「何となく、太平洋戦争のゴタゴタに似てるわね。中国の背後に、大国アメリカがいるのを知っていて、アメリカには、とても勝てないと、わかっているのに、戦争を始めてしまったんだから」

「それも、反対する人間を、次々に排除していってだよ」

「その上、予想どおり、負けてしまったところも、よく似ているわ」

「日本人は、六六〇年代の倭国の頃も、昭和十六年の大日本帝国の頃も、冷静に国力を計算せずに、『かくなれば、かくなるものと知りながら、やむにやまれぬ大和魂』で、突っ走ってしまうんだろうか？」

「六六三年の白村江の時の方が、少しは冷静だったんじゃないの？」

「負けるべき戦いだったことは、同じだよ。とにかく、斉明天皇と中大兄皇子は、反対勢力を一掃して、二万七千の大軍を朝鮮半島に送ることを決定し、自ら九州に向ったんだ。この時、斉明女帝は、すでに六十歳を超えていて、直接九州まで行けず、途中の道後《どうご》温泉で泊まっている」

「老女の執念みたいで、怖いわね。斉明天皇は、なぜ、そこまで執念を燃やしていたのかしら？　普通、女性の方が平和的なのに」

「斉明天皇というのは、本で読む限り、好戦的だね。この戦いの前に、六五八年、六五九年、六六〇年と、三回にわたって、今の東北、北海道に、軍船百八十艘で、遠征しているんだ。斉明天皇自身は、都にいて、阿倍比羅夫《あべのひらふ》という将軍に命令したんだが、遠征軍が北海道まで行ったのは、古代では、この時だけなんだ」

「そのあと、六六一年に、斉明天皇が、大軍を率いて、朝鮮に向っているんだから、この女帝の戦いに対する執念みたいなものを感じるわ」

「道後温泉で、休んで、体調がよくなった斉明天皇は、船団を率いて、いよいよ九州の筑紫に渡ることになった。この時に歌われた歌が万葉集に載っている。『熟田津《にきたつ》に船乗りせむと　月待てば　潮もかなひぬ　今は漕ぎ出でな』この歌は、女流歌人として有名な額田王《ぬかたのおおきみ》が、歌ったとも、斉明天皇自身の歌ともいわれている」

「とにかく、威勢のいい歌だわ」

「そうなんだ。斉明天皇は、意気揚々として、愛媛の港から船で出発したんだが、途中で病死してしまった。そこで、中大兄皇子が、代って、指揮をとることになった」

「つまり、百済を援《たす》けて、新羅・唐と戦うことが、国家意志になったわけね」

「それも、太平洋戦争に似ていると思うね。反対の声が消えて、国家意志で、対米・英戦争に突進していくんだ」

「六六一年だけど、負けると分かっていながら、遠征軍は、出発したのかしら？」

「そこの判定が、難しいね。斉明天皇も、そのあとを引きついだ中大兄皇子も、今から考えると、熱に浮かされているとしか思えないんだ。二万七千の大軍は、三つに分かれて、千艘の船で、百済王豊璋《ほうしょう》を援けて、錦江《きんこう》下流の白村江に向った。そこには、新羅と唐の連合軍が、二百艘の船で待ち構えていたからである。この、白村江の戦いについては、どの本でも、負けるべくして負けたと書いてある。確かに素人の僕が、考えても、到底、勝ち目のない戦だったことは、よく分かる」

「どうして、負ける戦いだったの？　唐と新羅の、連合軍の船は二百艘、それに比べて、倭国の船は千艘だったんでしょう。それなら、勝てる戦いだったんじゃなかったの？」

「それがだね、二万七千という軍勢は、当時の倭国としては、動員できる精一杯の人数だったんだ。何しろ、当時の倭国は、人口ほぼ五百万人と推定されている。とすると、男子は二百二十万くらい、成人男子はそのうちの二割として、動員できる兵士の数は、せいぜい三十万人だ。その三十万人を全員朝鮮半島に送るわけにはいかない。とすると、二万七千というのは、ギリギリの数と、見ていいんじゃないかな？　その点、唐の軍勢は、この時、三十万人が、白村江で待ち構えていた。それに、新羅の軍勢がプラスされるのだから、兵力差を考えれば、どうやっても、勝ち目のない戦いなんだ。その通りの戦いになってしまった。船の大きさだって違うしね。倭国の小舟に乗った兵士たちは、唐の巨大な船に、次々と沈められ、兵士は、唐の兵士によって次々に、切り殺されていった。千艘の日本船は、その三割が、焼かれて沈み、白村江の水は、倭国の兵士の血で真っ赤に染まったといわれている。当然、百済の復興はならず、倭国が、後押しした百済王の豊璋は、高句麗に亡命したといわれている」

「倭国が負けた理由は、本当に、兵力の差だけだったの？」

と、由美が、きいた。

「そうだな。前にもいったけど、当時の唐は、すでに、科挙制度を取り入れていて、優秀な官僚群を育てていた。白村江の戦いで、唐は、三十万の軍隊を動員したが、優秀な官僚たちによって、上から下まで、命令が正確に伝わり、軍勢の乱れがなかった。倭国では、優秀な官僚が存在しなかったので、二万七千の軍勢を三つに分け、それぞれ、豪族の長に、指揮を委せた。そのため、三つの軍団の間の連絡が取れず、足並みが乱れたことも、敗因の一つだといわれているんだ」

「その点も、何となく、太平洋戦争に似ている気がするな」

と、由美が、いう。

「もちろん、優秀な官僚は育っていたと思うけど、日本最大の組織だった陸軍の中で、関東軍《かんとうぐん》は、政府の命令を無視して勝手に行動したり、海軍と仲が悪かったりで、そのことも、戦争に敗けた理由だったんじゃないのかしら。物量に負けたとばかりいわれているけど」

「確かに、それは、あるかも知れないね」

「有間皇子のことなんだけど、斉明天皇と中大兄皇子の二人は、有間皇子を騙して反逆の罪を着せて殺してしまったんでしょう？　その後、二万七千の軍隊が、朝鮮半島に向って、出発したわけよね。この戦いに、有間皇子は、反対していたのかしら？」

「それは分からない。『日本書紀』には、有間皇子が、唐との戦いに反対していたとは、一言も書いてないらしい。第一、反対だったとしても、反対できるだけの力は、有間皇子には、なかっただろうと思うね」

「じゃあ、何のために、有間皇子は殺されたわけ？　戦争のことが関係なければ、中大兄皇子が、自分と同じように天皇になる権利を持っている、有間皇子を殺したことになるわけ？　ライバルだから殺された。そうなってくるじゃないの。そうなると、蘇我蝦夷と、入鹿の親子が殺された理由とは、全く、違うわけね」

決めつける口調で、由美が、いった。

「確かに、唐との戦いに、有間皇子が、どんな態度を取っていたのかは分からない。となると、君がいうように、後継者争いで、殺されたということになるんだが、僕が読んだ本に、こんなことがのっていたんだ」

「どんなことがのっていたの？」

「飛鳥川に沿って、二上山の近くに、磯長谷《しながだに》という場所があるんだ」

「磯長谷？」

「そうだよ。今の住所は、大阪府南河内郡《みなみかわち》の太子町《たいしちょう》になっている。この磯長谷というのは、いわば、蘇我本家の発祥の地で、蘇我氏と関係のあった、歴代の天皇の墳墓があり、王家の谷と呼ばれている」

「蘇我氏というのは、大和朝廷と、手を組んで、力を大きくしていったのよね？」

「そうだよ。前にもいったが、蘇我氏自身が、天皇になれないから、蘇我氏の娘を、歴代の天皇の后にする。天皇家と姻戚《いんせき》関係を結んで、それを力にして伸びていったんだ。王家の谷というのは、政治の仕事を終えた、歴代の大王が蘇我氏の懐に戻ってきて、そこに葬られる。蘇我氏の立場から見ればそうなるんだ。王家の谷と呼ばれる所以《ゆえん》なんだが、最初に葬られたのは、磯長谷の、西の端にある敏達《びだつ》天皇陵だったといわれている。敏達天皇陵は、前方後円墳で、巨大な前方後円墳に葬られる最後の天皇になった。敏達天皇は、蘇我氏の娘を母とする女性と結婚している。その後、敏達天皇が亡くなると、その蘇我氏の血を引く后が、推古天皇になる。その推古天皇陵も王家の谷にあり、他に、用明《ようめい》天皇も蘇我馬子の甥《おい》に当たる人で、蘇我氏から見れば、自分たちの家族の一人だから用明天皇陵もある。また、推古天皇を、蘇我馬子とともに補佐した聖徳太子の廟所も、この王家の谷にある。一番、僕に興味があるのは、蘇我本家が、滅びた後に、孝徳天皇が、この磯長谷に、最後の天皇として葬られていることなんだ。孝徳天皇は、軽皇子の時、中大兄皇子と手を結んで、蘇我氏を滅ぼすのに力をつくしたと書いている本もあるんだ。しかし、そうだとすると、蘇我氏の王家の谷に、孝徳天皇が、葬られることはなかった筈だよ。蘇我氏の、王家の谷に葬られたということは、蘇我氏の味方だったんじゃないだろうか」

「つまり、孝徳天皇は、斉明天皇や中大兄皇子たちの戦争には反対だった。そういうことに、なるわけね？」

「ああ、僕はそう見て構わないと、思っている。しかし、相手は天皇だから、中大兄皇子にしても、蘇我入鹿のように、殺すことは出来ない。それで、孝徳天皇を孤立化させる計画を立てた。孝徳天皇が反対意見をいっても、誰も聞かないように、孤立化させてしまう。これが凄《すご》いほど徹底しているんだ。なぜ、中大兄皇子が、こんな真似をしたのか、僕にも謎だったし、理由を書いた本もなかった。しかし、孝徳天皇が、蘇我氏と仲が良く、戦争に反対だったと考えれば、中大兄皇子の謎の行動も理解できる。中大兄皇子の計画は成功したんだが、問題が残ってしまった。それが有間皇子の存在だよ。有間皇子も、当然、父、孝徳天皇と同じ考えだと思われるからね。そう考えると、有間皇子が、罠にはまって逮捕され、斉明天皇や、中大兄皇子の手によって、殺された理由も分かってくる。一見すると、次期天皇の後継者争いで、ライバルだった中大兄皇子に殺されたように『日本書紀』には、書かれているが、中大兄皇子に比べると、有間皇子は、はるかに力が弱かったんだ。だから、後継者争いなら、中大兄皇子は、有間皇子を殺す必要など、なかったんだ」

「斉明天皇も、中大兄皇子の、味方だったしね」

「その斉明天皇が、死んだ後、中大兄皇子が天智天皇になっている。外交政策で、有間皇子も、父親の孝徳天皇も戦争に反対だったとすれば、この二人が抜けてくれないと、斉明天皇も中大兄皇子も、二万七千人の大軍を、朝鮮半島へ送ることは、できないからね。そこで、まず、孝徳天皇を孤立させ、失意のうちに死なせる。次は、その子の有間皇子を、罠にかけて殺してしまった。反対勢力を無くしてから斉明天皇と中大兄皇子は、二万七千の大軍を自分たちが指揮して、朝鮮半島に向わせた。斉明天皇は、その途中で亡くなったが、その遺志を継いで、中大兄皇子が、指揮を執った。これが、有間皇子が殺された、本当の理由なのではないかと思う」

2

三日目の朝を迎えた。

朝食の時に、由美は、

「今日は、三日間の最後の日だけど、これからどうするつもり？　熊野古道に戻って、また、有間皇子のお墓に行ってみる？」

「いや、今日は、昨日話した王家の谷を、上空から見てみたいんだ」

「上空からって、どうするつもりなの？」

「この王家の谷は、昨日もいったように、大阪府の南河内郡太子町になっているから、大阪の八尾《やお》空港に行きたいんだ。そこには確か、観光飛行をやってくれる、会社があると聞いたことがあるから、飛行機かヘリコプターを借りて、王家の谷を、上空から見てみたいんだよ」

と、明が、いった。

その提案に、由美も賛成して、二人は八尾空港に、向うことにした。

八尾空港は、民間の空港である。そこには、観光用の、プロペラ機と、ヘリコプターの、営業所があった。

明は、その営業所に顔を出して、

「ぜひ、磯長谷に、行ってもらいたいんですよ。住所は、大阪府南河内郡太子町ですから、太子町の上空を、飛んでもらえれば自然に磯長谷が見えてくる筈です」

「それで、お客さんは、上空から、何をご覧になりたいんですか？」

営業所の人間がきく。

「磯長谷は、王家の谷と呼ばれていましてね。用明天皇の陵や推古天皇の陵があることで、知られているんです。それを、上空から見てみたいんですよ」

「分かりました。ヘリコプターを飛ばしましょう」

営業所の所長が、いった。

明と由美の二人が、用意してくれたヘリコプターに乗り込むと、パイロットが、すぐ、エンジンを始動させた。

ヘリコプターが上昇すると、パイロットが、

「まず、二上山に向って、飛行しますよ」

と、いった。

確か、明が読んだ本では、問題の磯長谷は、二上山の西側の斜面にあるとなっていたから、二上山を目標にして飛ぶのは、いちばん手っ取り早いだろう。

二上山は、なだらかで、優雅な形をした山なので、万葉集にも、よく詠まれている。

その二上山が、どんどん近づいてくる。

明と由美は、必死に、窓から地上を見下ろしていた。

パイロットが、地図を渡してくれた。

それには、天皇陵の場所が、記されていた。

パイロットの渡してくれた地図を、見てみると、最初に、敏達天皇陵が、見えてくるはずだった。敏達天皇は、蘇我稲目《いなめ》の娘と、欽明《きんめい》天皇との間に生まれた推古女帝の夫でもある。

「あれじゃないの？」

と、急に、由美が、大声を出し、地上を指差した。

この辺り、低い丘に、囲まれた盆地で、緑の茶畑があったり、家屋が点在している。

その中に、ひときわ大きな森が、見えてきた。

森のように見えたのは、巨大な前方後円墳だった。

本によれば、敏達天皇は、巨大な前方後円墳に葬られた、最後の天皇ということに、なっている。

（なるほど、この辺りには、ほかに、巨大な前方後円墳が、見当たらないから、今、眼下に広がる、巨大な緑の森が、敏達天皇の陵に、間違いないだろう）

と、明は、思った。

一つの陵が、見つかると、後は簡単だった。下の盆地に、森の塊のような天皇陵が、次々に見えてきたからである。

聖徳太子の廟所が見える。用明天皇陵も見える。

最初の女帝といわれた、推古天皇の陵も見つかった。

さらには、いちばん端にある、孝徳天皇陵も見つけることができた。何人かの天皇の陵がここには集まっている。確かに王家の谷である。

パイロットは、その谷の周辺を、ゆっくりと旋回してから、

「これで、いいですか?」

「ありがとうございました。写真も撮れましたから、もう十分です」

明は、興奮に声をふるわせた。

3

八尾空港に戻ると、二人は、そこから、新大阪駅に向かい、新幹線で、東京に帰ることになった。

新幹線の中でも、由美が熱心に、明に、向かって、

「あなたが、分からないっていっていた、二つの疑問のうちの一つは、何とか解釈がついたんだから、残るのは、あと一つね。確か、罠にはめられて捕まった、有間皇子は、中大兄皇子の尋問にたいして、『天と赤兄と知らむ、吾全ら解らず』と、いったんでしょ?」

「そうなんだ。赤兄というのは、有間皇子を罠にはめた、蘇我赤兄に間違いない。問題は、この中に出てくる天という言葉なんだ。当時、天という字は、テンとは、読まなかったんだ」

「何と読んでいたの？」

「アメ――だよ」

「それじゃあ、猶更《なおさら》、誰を指しているのか、わからないわ」

「ここに、面白い本があるんだ。何かの参考になるかと思って、持って来た」

明は、ポケットから、うすっぺらな本を取り出して、由美に見せた。

「どんなことが書いてある本なの？」

「歴代の天皇（大王）の愛称というか、尊称というかが、書いてあるんだ」

「面白そうね」

「これが、天の解釈にも、つながってくるんだ」

「どんな風に？」

「西暦六〇〇年に、第一回の遣隋使《けんずいし》が派遣されているんだが、その時、倭王は、『姓は阿毎《アメ》、字は、多利思北孤《タリシヒコ》、号は、阿輩雉弥《アメキミ》だった』と、隋書にあったと、その本に書いてある」

「でも、そんな名前の天皇は、知らないわ」

由美がいうと、明は、笑って、

「これは、あくまでも、当時の隋の人の解釈で、本来、『アメタリシヒコ』と、続けて読むべきものなんだ。『阿輩雉弥』は、『アメキミ』で、『天の子』だろうと、書いてある。隋書が無いことを書きしるすことは、ありえないから、当時の天皇（大王）には、誰にも、愛称というか、尊称がついていたことになる」

「それが、天の解釈と、どう関係してくるの？」

その本の中から、飛鳥時代前後の天皇を、抜き出して、尊称を調べると、こうなる。

欽明天皇＝アメクニオシハラキヒロニワ

（天国排開広庭）

皇極（斉明）天皇＝アメトヨタカライカシヒタラシヒメ

（天豊財重日足姫）

孝徳天皇＝アメノヨロズトヨヒ

（天万豊日）

天智天皇＝アメミコトヒラカスワケ

（天命開別）

天武天皇＝アメノヌナハラオキノマヒト

（天渟中原瀛真人）

「面白いわね。当時の天皇の尊称は、全て『天』という言葉で始まっているのね」

「従って、天（アメ）は、明らかに、その時の天皇を指していると見ていいんだ」

「そうなると、有間皇子がいった天（アメ）というのは、その時の天皇、斉明天皇を指していると見ていいわけね？」

「そう。斉明女帝のことを指していると、僕は、思っている」

「あからさまに、知っているのは、斉明天皇だといえないから、天（アメ）という言葉を使った。自分が、こうなったのは、斉明天皇と、蘇我赤兄のせいだといった。いや、そういいたかったわけね」

「僕は、そう解釈した。もちろん、そのかげに中大兄皇子がいることも、有間皇子は、知っていた筈だよ」

「これで、最後の謎も、答えが見つかったじゃないの。おめでとう」

と、由美が、いった。

夕方、東京に着いた。二人は、翌日、出版社に出社した。

編集長は、二人に、向って、

「昨日の夕方、紀州ミカンが届いたよ。ありがとう」

と、いった後、

「それで、三日間で、どんな収穫があったんだ？」

明に聞いた。

「有間皇子については、いろいろと収穫がありました」

「そうか、それは、よかったといいたいところだが、うちとしては、君には、二回目の座談会に出てもらいたいんだよ。座談会では、有間皇子の話ではなくて、太平洋戦争のことを、話してもらいたいんだ。君のひいおじいさんがやっていた、鎌倉の『料亭さくら』について、話して欲しいんだ。それは、分かっているね？」

「分かっています」

「それで、そちらの収穫は、どうだったんだ？　何か、収穫があったのか？」

「それは、これから考えてみたいと、思っています」

「どうも、頼りないなあ。君のおじいさんは、昭和十八年、当時、二十五歳だったが、若き天才画家と呼ばれていた。足が悪いので、二十代でも、兵隊にとられなかった。ところが、ある日突然、彼に、召集令状が来た。伸幸さんは、有間皇子の絵を、描き残して、沖縄に行かされ、昭和二十年の、沖縄戦で戦死してしまった」

「そうです」

「その長谷見仲幸さんが描き残した有間皇子の絵だが、なぜ、そんなものを、描き残したのか？　なぜ、急に、天才画家に、召集令状が来たのか？　本人も、理由が分からなくて、悩んでいたんじゃないのかね？」

「ええ、そうだと、思います」

「私が考えるには、そのおじいさんの父親が、鎌倉で、『料亭さくら』をやっていた。この長谷見裕太郎さんは、アメリカで領事をやっていた。この人が、昭和十八年頃、料亭にやって来る政治家や軍人と一緒になって、東条英機の暗殺を計画していたが、実行寸前に漏れてしまい、憲兵に逮捕されてしまった。四ヵ月後に釈放されたが、君のおじいさんで、画家の長谷見仲幸さんが、突然、召集され、結果的に、沖縄で死んでしまった。おそらく、東条暗殺計画の件のため、懲罰の意味で、息子の長谷見仲幸さんを召集し、戦場になることがわかっている沖縄に飛ばしてしまったんじゃないか？　私なんかは、そんなふうに考えるんだが、身内の君の意見は、どうなんだ？」

「それが事実かも知れませんが、証拠がありません」

「長谷見裕太郎さんが、戦中戦後にかけて、日記をつけていたといわれているんだ。その日記が見つかれば、真相がわかる。何とかして、その日記を、見つけてくれないかね」

と、編集長が、いった。

戦後生まれの明には、昭和十八年頃の戦況や、東条英機暗殺計画のことは、当然、実感がない。

東条英機は、昭和十六年、一九四一年、太平洋戦争を開始した時の、総理大臣である。

最初のうち、戦況は、日本に有利に動いていたが、昭和十七年、一九四二年、ミッドウェイ海戦で、日本海軍は、主力空母を四隻失い、ベテランパイロットの多くが亡くなったため、制空権がアメリカ側に移ってしまった。

次の年、昭和十八年、一九四三年。

この頃から、戦争の前途を悲観し、アメリカ、あるいは、連合国との間で、和平交渉をしようという動きが出てきた。

そうした動きに、東条首相は真っ向から反対し、憲兵を使って、そうした空気が少しでもあれば、関係者を、次々に逮捕した。恐怖の憲兵政治である。

こうなると、東条がいたのでは、連合国と和平交渉を進めることが出来ないと考え、東条暗殺計画が生まれてきたといわれている。

当時は、今のように、携帯電話があるわけではないから、政治家や軍人たちは、會祖父、長谷見裕太郎がやっていた、鎌倉の「料亭さくら」で、密かに相談していたと、書いている本もあった。

ノンフィクションライターの渡辺浩が、明が、有間皇子の取材に行っている間に送ってくれた本の中に、「昭和十八年の東条暗殺計画」というタイトルの本があるのを、見つけた。

その本によると、昭和十八年の春、東条首相を殺さないと、連合国との和平工作ができないと考えたグループがいて、メンバーは、全部で八人だったという。

今、名前が、明らかになっているのは六人で、残りの二人の名前がどうしても分からないと、書いてある。

現在、分かっている六人の名前は、次の通りだった。

元外務大臣　浅井《あさい》清《きよし》

満州国政策顧問　木下《きのした》秀次郎《しゅうじろう》

海軍兵学校副校長

海軍少将　三田村《みたむら》勝敏《かつとし》

陸軍参謀本部戦争指導班長

陸軍中佐　谷口健太郎《たにぐちけんたろう》
日の丸飛行機製造社長
原島雄作《はらしまゆうさく》
「料亭さくら」社長
長谷見裕太郎

この六人は、肩書きも、名前もわかっているが、あとの二人が、不明と、本には、あった。

浅井清は、昭和十六年十二月の開戦の時、東条内閣の、外務大臣だった。最後まで、連合国との開戦には、反対だったと、本には書かれている。

昭和十七年九月一日に、東条首相の肝煎《きもい》りで、新たに、大東亜省の設置が提案された。それに対して、浅井は、猛烈に反対した。

反対の理由は、簡単だった。外務省があるのに、大東亜省を作るというのは、外交を二元化してしまうことになる。

それに、東条首相の提案で、大東亜省が作られるという、その裏側には、隠された理由があるような気がしたからだった。

今回の大東亜戦争（太平洋戦争を日本では、大東亜戦争と、呼んでいた）の目的は、アジア民族の解放と独立である。それを、さらに強力に、押し進めるために、大東亜省を設ける。それが、東条が掲げた、表向きの理由だった。

しかし、政府部内で密かに回覧された文書に眼を通して、浅井は、一層、東条首相に対して、敵意を燃やすことになった。

まず、大東亜戦争の目的は、あくまでも、東亜を米英の奴隷《どれい》状態から解放することにある。それを、今以上に、強力に進めるために、大東亜省を設置すると、最初に書かれてあるのだが、箇条書きに入っていくと、アジア解放といいながらも、その解放が何故《なぜ》か二つに分けられていることに、浅井は、気付いた。

フィリピン、ビルマ、インドには直《ただ》ちに独立を認めるが、インドネシア、フランス領インドシナ（仏印）などは、しばらくの間、日本帝国が、占領して、統治する。この部分は、なるべく外部には、もらさぬことと、但《ただ》し書きがあった。

つまり、フィリピンやビルマやインドに対して直ちに独立を約束したのは、この三国には、日本が必要とする、戦略物資、石油、天然ゴム、アルミニウムなどが産出しないから、独立を認め、インドネシア、フランス領インドシナなどには、日本が、必要としている石油、天然ゴム、あるいは、アルミ鉱石などが産出するので、これを占領、支配して、しばらくの間、独立を認めないということなのだ。

浅井は、これでは、アジアの解放を、謳《うた》った大東亜戦争の意義が、失われてしまうと、東条首相に、抗議した。しかし、無視された。

浅井は、自分の意見が、全く入れられないことに腹を立て、辞表を出した。

翌昭和十八年になると、戦局は、ますます日本に不利になり、東条首相に対しての批判の言葉が、聞かれるようになった。

東条首相は、そうした反撥《はんぱつ》を抑えるために、陸軍大臣や、陸軍参謀総長を兼務して、憲兵による締めつけを強くした。

こうなると、日本の前途を、心配する政府の要人や、軍人たちが、集まって、東条を暗殺して、和平へ持っていこうという気運が高まり、有志が、「料亭さくら」に集まって、東条暗殺の計画を進めていった。

元外務大臣浅井を中心とした、グループが生まれた。彼等の立てた東条暗殺計画は、結果的に、失敗してしまったのだが、八人のうちの六人までは、名前も肩書きも分かっているが、残りの二人の名前が、なぜか、不明のままなのである。

この暗殺計画は、何者かによって、憲兵隊に通報され、昭和十八年十二月、突然、浅井元外務大臣以下六人が、逮捕され、拘束されてしまった。

彼らは、四ヵ月間、勾留された後、釈放された。

戦局は、ますます悪化し、その責任を取る形で、昭和十九年七月十八日に至って、東条首相が、辞任した。

これが、東条暗殺計画の全てだが、まだ分からないことがいくつかある。今後、その解明が待たれるところであると、その本は結んでいた。

明は、読み終わった後、渡辺に、電話をかけた。

「渡辺さんが、送ってくれた『昭和十八年の東条暗殺計画』という本を読みました」

「面白かった？」

渡辺が、きく。

「そうですね。曾祖父の長谷見裕太郎が、この暗殺計画に、参加していると知ったことで、関心が、二倍になりましたよ。ただ、謎の多い計画だったと、書いてありましたが」

「そうなんだよ。疑問は、二つあってね。計画に参加したのは、全体で八人ということは分かっているんだが、六人の名前は判明しているが、残りの二人が分からない。第二の謎は、彼らが、四ヵ月の勾留の後、釈放されたが、何故、急に釈放したのか、それが、分からないんだ」

「四ヵ月の勾留というのは、当時としては、長いんですか？」

「短くはないが、何といっても、首相の暗殺計画だからね。なぜ突然釈放されたのか、その謎が、解けないいんだ」

「僕の曾祖父の長谷見裕太郎にしてみると、釈放されたが、息子の、二十五歳の天才画家の長谷見伸幸は、突然、召集を受け、沖縄に行かされて、死んでいます」

「確かに、そうだね。長谷見裕太郎さんの日記が見つかれば、現在、謎になっている部分が、解明されると期待しているんだがね。見つかりそうか？」

「まだ見つかっていません。これからも、探すつもりですが」

「そうして下さい」

と、渡辺が、いった。

翌日、出版社にいた明に、渡辺から、電話が入った。

渡辺は、妙に明るい声で、

「例の東条首相暗殺計画だがね、名前が分からなかった二人のうちの一人の関係者が見つかったんだ。その家族が九州から東京に出て来てくれるかもしれないので、これから、会いに行ってくる。何か情報がつかめたら、すぐ、君に連絡するよ」

しかし、その後、渡辺から、電話はかかってこなかった。

その代わりに、その翌日になって、渡辺浩が、東京四谷《よつや》にある、ホテルSの部屋で死んでいるのが、発見されたと知らされた。

ホテルからの知らせで、警視庁捜査一課の十津川《とつがわ》警部と、その部下が、鑑識と一緒に急行した。

ホテルSの本館、その五十五階のツインルームで、中年の男が、死んでいるという知らせだった。

十津川たちが着いた時は、まだ、死体は、ツインルームの床に、うつ伏せに倒れていた。

死体は、上着を脱いで、白いワイシャツ姿になっていた。ワイシャツの背中に、刃物で刺された跡があり、その部分は、真っ赤に染まっていた。

ホテルのフロント係が、十津川の質問に答えた。

「お客様の名前は、渡辺浩さん。東京世田谷の、マンションにお住いの方です。昨日の午後三時頃に、チェックインされました。ええ、お一人です」

部屋のクロークルームには、背広の上着が、かかっていて、そのポケットから渡辺浩名義の運転免許証が見つかった。

部屋の様子から見て、被害者は、この部屋に、昨日の午後、チェックインし、そのあと、犯人が訪ねてきたのだろう。

その犯人は、油断を見澄まして、背後から、被害者渡辺浩を刺して、逃亡した。犯人は、最初から凶器を持ってきて、それを使って刺し、それを持って、逃亡したと思われる。

鑑識が、部屋中から指紋を採取し、写真を撮っていく。

検視官の言葉によると、死亡推定時刻は、昨夜の、午後十時から十二時の間だろうということだった。

十津川の部下の、若い西本《にしもと》刑事が、被害者の渡辺浩のことを、知っていた。

「会ったことはありませんが、この人は、作家として有名ですよ。ノンフィクションライターで、太平洋戦争や、公害問題を書いた本を出していて、そのうちの何冊かを、読んだことがあります」

と、十津川に、いった。

「そのことが、殺される理由なのだろうか？」

十津川は、改めて、死者の顔を見すえた。

第四章　答を求めて

1

明の勤める出版社に　刑事が二人、やって来た。十津川という警部と、亀井《かめい》という刑事である。

「こちらに　長谷見さんという方が、いますか？」

と、亀井刑事が、きいた。

明が、

「私ですが」

と、いうと、十津川警部が、

「本日都内のホテルで　渡辺浩さんが、死体で、発見されました。殺人の可能性が高いので、われわれ警視庁捜査一課が、捜査を開始したのですが、渡辺さんの手帳にですね、長谷見明さんの名前が、書いてあったんですよ。渡辺浩さんを、知っておられますか？」

「ええ、知っています」

「それでは、渡辺浩さんのことを、話してください」

十津川の言葉に、編集長が、割り込んできて、

「私も、同席しますよ。渡辺浩さんのことは、私も、よく知っていますから」

社の応接室で、二人の刑事と明と編集長の四人で話し合いの場を、持つことになった。

岡田由美が、コーヒーを、淹《い》れてくれる。

「まず、渡辺浩さんとの、関係を話してくれませんか？」

十津川が、いう。

「今度、ウチの雑誌で、太平洋戦争の真相とでも、いったテーマの座談会を、三回連続してやることになっているんですよ。S大の畠山先生に総合司会をお願いしています。ノンフィクションライターの渡辺浩さんには、太平洋戦争に関する資料を、できるだけ集めて貰うことになっていました。渡辺さん自身も、太平洋戦争に関する本を、

何冊も書いているので、座談会にも参加して頂きたい。そうお願いしてあったんです」

編集長が、いった。

「あなたと渡辺さんとの関係は？」

十津川が、明に、目をやった。

「私の曾祖父は、長谷見裕太郎という人なんですが、戦中、戦後にかけて、鎌倉で『さくら』という料亭をやっていました。昔から有名な料亭で、戦時中も政財界の人たちや、陸海軍の将校たちが食事に来ていたそうです。戦争や和平について、さまざまな話し合いが、料亭の中で、行われていたのではないかといわれているのです。それで、私も、座談会に参加しないかと、編集長にいわれまして、私自身は、戦争中のことを、よく知らないので、渡辺さんに、いろいろと教えてもらおうと思っていたのです」

明が、いった。

「渡辺浩さんは、三回、連続して行われる座談会のことを、どう思っていたんでしょうか？」

今度は、亀井が、きくと、編集長が、

「それはもう、張り切っていましたね。この、三回連続の太平洋戦争の座談会というのは、ウチと渡辺浩さんとが話し合って、開催を決めたようなものですから」

「渡辺さんが、殺されてしまいましたが、お二人に、何か心当たりがありますか？」

十津川は、編集長の顔を見て、それから、明を見た。

「全く、心当たりはありませんね」

と、編集長が、いい、明も、

「私も、ありません」

と、いった。

その後、二人の刑事は、編集長と明から渡辺浩について、いろいろと、話を聞いた後、

「また、お伺《うかが》いすることがあると思います」

と、いって、帰っていった。

2

「渡辺さんは、亡くなったが、座談会は、絶対にやるよ。出席予定の人には、出席を

依頼する手紙を出して、ＯＫの返事をもらっているからね」

編集長は、自分を励ますような声を出した。

「渡辺浩さんが、いなくなったことで、何か問題は起きませんか？」

明が、心配して、きくと、

「彼の代りを、君がやるんだ」

「僕がですか？」

「そうだよ。君以外に、いったい、誰がやるというんだ？　誰も、いないじゃないか？」

「しかし、僕は、曾祖父のことを話すだけでいいんでしょう？　それに、渡辺さんのように、太平洋戦争について、詳しくありませんよ」

明が、いうと、編集長は、奥から、大きなリュックサックを持ち出してきて、ドーンと、机の上に置いた。

「この中に、座談会に必要だと思われる本や資料、写真が入っている。渡辺さんが、集めたものだ。渡辺さん自身が書いた本も入っている。今日、君はこれを持ち帰って、全部に目を通すんだ」

「もう渡辺さんからは、何冊か、本を借りていますが」

「じゃあ、それにプラス、このリュックサックの中身だ。今から一週間、君に休暇をやるから、その間に、全部に目を通して、記憶するんだ。座談会の時、これは何年に、どういう事情でできた宣言かとか、法令かということになったら、君がすぐに、答えられるようにしておいてくれ、休暇中の一週間で、絶対にやるんだ」

編集長が、厳命した。

明は仕方なく、重いリュックサックを背負って、自宅マンションに帰った。

リュックサックから、本と写真と、それから、戦時中の新聞のプリントなどを取り出した。

かなりの量である。それを、机の上に積んでおいて、夕食を食べることにした。キッチンで焼きそばを作り、それを食べながら、机の上に積んだ本やプリントを眺めた。

以前の明なら、量の多さに、辟易《へきえき》して、今日は一行も読まず、不貞寝《ふてね》してしまうところだが、今回は、少しばかり、違っていた。

祖父、長谷見伸幸のことが、あったからである。若き天才画家として、将来を嘱《しょく》望《ぼう》されながら、二十五歳の時に召集され、沖縄戦で死んでしまった。

彼が描き残した数枚の絵は、今も高い評価を受けている。その絵は全て、湘南を描いたものだった。突然、召集を受けたあと、彼は、入隊までの間に、なぜか有間皇子を描き、さらに、その絵を、天井裏にかくして、沖縄におもむき、戦死した。

明は、その絵を偶然見つけ、有間皇子に興味を持って、三日間、有間皇子の足跡を調べてきた。

有間皇子の死の背景には、当時の日本と、強大な国家、唐との戦争があった。祖父の長谷見伸幸の死には、太平洋戦争が絡んでいた。どこが似ているのか、どこが違うのか、それを知りたいと、明自身が思うようになっていた。

明は、焼きそばを食べながら、いちばん手近にあった、プリントされた書類を手に取った。

昭和十七年五月二十日の、新聞記事のコピーである。

〈アメリカ抑留中に、司法省の役人を一喝
この戦争は、アジアを列強の植民地から解放する正義の戦いである。いわば思想戦争である〉

今回、交換船で帰国した元領事の、長谷見裕太郎さんの言葉であると、新聞記事には、大見出しつきで、載っている。

〈大東亜戦争が始まった途端、アメリカにいた日本の大使や領事、あるいは、実業家たちは、一斉に逮捕され、抑留されてしまった。

その時、アメリカ司法省の役人が、尋問した。

「この戦争に勝てると思っているのか？　真珠湾《しんじゅわん》は騙し討ちだった。それについてはどう思うのか？」

そういった尋問である。

その時、領事の長谷見裕太郎氏は、胸をそらしてこう答えたという。

「戦争の勝敗は、問題ではない。この戦争は、アジアを植民地から解放する聖戦である。解放戦争であり思想戦争である」

そういったら、司法省の役人は、驚いていましたねと、長谷見裕太郎さんは、笑いながら、いうのである〉

新聞には、長谷見裕太郎の、当時の顔写真も、載っていた。

明は意外な気がした。帰国して「料亭さくら」を、やっていた長谷見裕太郎は、戦争を早く止めようと考え、元外務大臣の浅井清や、陸軍海軍の高級将校たちと、東条首相暗殺計画を、立てたといわれていたからである。

当然、この戦争は、間違った戦争と決めつけているに違いないと思っていたのだが、この新聞記事によれば、必ずしも、そうではなかったらしい。

長谷見裕太郎は、太平洋戦争を、植民地からのアジアの解放戦争、思想戦争だと、いっているのである。

昭和十七年五月二十日には、裕太郎は、こういう考えを、持っていたことになる。

ところが、昭和十八年になると、一刻も早く戦争を終結させるために、東条首相の暗殺計画に参加している。

この変化は、いったい、何なのだろうか？　この一年の間に、長谷見裕太郎に、何があったのだろうか？

明は、それを、知りたかった。

昭和十七年（一九四二年）から昭和十八年（一九四三年）にかけての年表を見ると、戦局は、こう動いていた。

昭和十七年二月十五日、シンガポールを陥落させた。初戦の戦果に続いて、次々に勝利が伝えられている。

昭和十七年四月十八日、ドーリットル中佐の指揮のもと、アメリカの爆撃機B25が、東京を空襲した。損害は軽微だったが、軍部は、帝都が爆撃されたことに驚愕《きょうがく》。これが、ミッドウェイ攻撃に走るきっかけになった。

昭和十七年六月五日、ミッドウェイ付近において、日米艦隊決戦。日本海軍は、大打撃を受ける。連合艦隊の精鋭、赤城《あかぎ》、加賀《かが》、蒼竜《そうりゅう》、飛竜《ひりゅう》の主力空母四隻と、優秀なパイロットの多くを失った。

昭和十七年八月、米軍の反撃が、ガダルカナル島で始められ、翌昭和十八年二月、日本軍は同島から退却。

昭和十八年四月十八日、ブーゲンビル島南端上空にて、山本五十六《やまもといそろく》連合艦隊司令長官が戦死。

これが、一年間の間に、起きた戦局の推移である。

皮肉なことに、昭和十七年五月二十日の新聞に、長谷見裕太郎の勇ましい記事が大きく載った後、敗北が連続して起きているのだ。

おそらく、そこで、長谷見裕太郎は、和平を考え、元外務大臣の浅井清たちとグループを作って、和平の邪魔になる、東条英機首相の暗殺計画を、立てたのではないだろうか？

しかし、それでは軽薄な感じがする。どこか違うのではないか。明は真実を知りたくて、翌日から本と資料の山と格闘することになった。

太平洋戦争（大東亜戦争）は、どうして、始まったのか？　どうして、負けたのか？

最初、この戦争は、アジア解放のための思想戦だといっていた、曾祖父の長谷見裕太郎が、なぜ、途中から、和平を考え、その邪魔になる東条首相暗殺計画に、加担したのか？　なぜ、その暗殺計画が、失敗したのか？

長谷見裕太郎の息子、若き天才画家といわれていた、長谷見伸幸が、なぜ、突然、召集を受け、沖縄の戦いで、死んでしまったのか？

更に、長谷見伸幸と、千三百五十年前に亡くなった有間皇子とは、どこが、どう、似ているのか？　なぜ、有間皇子を描き残したのか？

それを、知りたくて、明は、まず太平洋戦争の開戦の時からを、本で調べ始めた。

太平洋戦争は、昭和十六年（一九四一年）十二月八日に始まった。

それまでに、日本は、中国との戦争で、苦戦していた。それなのに、大国アメリカにまで戦いを挑んだのである。

と、すると、軍人の中には、この戦争には、勝てるという確信を持っている者がいたに違いない。

明は、単純にそう思ったのだが、太平洋戦争について書かれた本を、片っ端から読んでいくと、絶対に、勝てるという確信を、持っていた軍人は、皆無に近いのである。そのことに明は驚いた。

当時、日本海軍の仮想敵国は、アメリカだった。海軍は毎年、アメリカと戦うケースを想定して、図上演習をしていたといわれている。

しかし、何回やっても、日本が負ける。一度も図上演習では勝てなかったと、書いてある。つまり、日本海軍は、誰もアメリカと戦争をして、勝てるとは、思っていなかったのである。

日本陸軍の、仮想敵国は、ソ連だった。そのソ連とは、ソ満国境で、日本陸軍の最精鋭といわれた、関東軍が対峙《たいじ》していた。

天才といわれた、石原莞爾《いしはらかんじ》大佐が昭和八年、作戦参謀として、極東ソ連軍の戦力を調べると、兵力十四個師団、騎兵三個師団、戦車約八百五十台、飛行機約九百五十機、潜水艦二十隻、極東ソ連軍の総兵力は約二十四万と判明した。

それに対して関東軍の兵力は八万。更に、昭和十二年になると、極東ソ連軍は、さらに兵力が増え、十六個師団、騎兵三個師団、戦車千二百台、飛行機千二百機、潜水艦三十隻、総兵力二十九万と、巨大になっていた。

それに対して、関東軍は、依然として八万である。これでは、到底、戦争はできない。そこで、石原は、ソ連とは戦争できないと考えた。

その上、日本軍は、数年にわたって、中国軍と戦っていた。個々の戦闘では勝てるのだが、戦争という大きな枠では、一向に勝利が見えてこない。

上海《シャンハイ》を占領、次には南京《ナンキン》を占領、だが、戦争は終わらない。

毎年、戦死者は、万を数え、対中国戦争だけでも、戦費は国家予算の三十パーセントに達していた。

その戦争が、まだ終わっていないというのに、今度は、強大国家アメリカと、戦争をしようというのである。誰が考えても、勝てるはずがない。

蘇我氏は、千三百五十年前、大国、唐との戦争は、勝てる見込みがないと、考えていた。

その愚かな戦争を、千三百五十年前も、昭和十六年もなぜ、始めてしまったのか？

昭和十六年当時、流行っていた歌がある。

〈かくなれば、かくなるものと知りながら、やむにやまれぬ大和魂〉

これは、狂気である。今、明が考えると、日本全体が、狂気に覆われていた。政府も軍隊も国民も、全て、狂気に冒されていたとしか、考えられない。

今から千三百五十年前、西暦六六一年、斉明天皇の時である。有間皇子が、殺された時代でも、ある。

その時、強大な国家、唐と戦っても、勝てるはずがないのに、中大兄皇子は、二万七千の軍勢で、唐と新羅の連合軍と戦い、予想通り大敗した。

あの時も、当時の日本、倭国を、狂気が支配していたのだろうか？

太平洋戦争は、昭和十六年十二月八日（ハワイ時間七日）、連合艦隊のハワイ真珠湾奇襲によって始まった。

この奇襲攻撃によって、日本海軍は、優位に立った。アメリカ側は、宣戦布告なしの攻撃は、騙し討ちであるとして、日本を非難した。

日本政府は、宣戦布告が遅れたのは、暗号電報を解読するのに、時間がかかってしまったからだと、弁明しているが、明は、日本側は最初から、宣戦布告をしてからの攻撃ということは、考えていなかったのだろうと思った。

日清・日露の戦争の時には、宣戦の詔勅の中に、国際法規を守るという一文が入っているが、太平洋戦争の場合の詔勅には、この文章は入っていないと、書かれた本があったからである。

つまり、当時の日本政府には、国際法規を守る気は、最初からなかったのである。それだけ、覚悟を決めての、国を挙げての、悲壮な戦争だったからだろう。

何しろ、日本民族が、滅びるかどうかの戦争である。国際法規を守っている余裕など、全くなかったのではないか。

だから、中国大陸では、禁じられている毒ガスを使った。アメリカに対して使わなかったのは、ただ単に、アメリカが、化学戦に強いと思っていたからである。

戦争を知らない明から見れば、太平洋戦争とは、いったい何だったのだろうかと、疑問が湧いてくる。やる前から、負けると分かっていた戦争である。

そんな戦争を、やってまで、いったい日本は、何を得ようと、したのだろうか？

太平洋戦争（大東亜戦争）の、戦争目的は宣戦の詔勅に書かれている。明の曾祖父の長谷見裕太郎も、アメリカに抑留中、司法省の役人に対して、今回の戦争は、アジアの植民地からの解放が目的で、思想戦だといったと、新聞には書かれてある。

これも、明が読んだ本の中にあったのだが、太平洋戦争が始まった時、知識人の一人が、こういったという。

「日支事変では、あきらかに日本に正義がないので辛かったが、アメリカ・イギリスとの戦争になって、アジアの解放という理由が出来て、ホッとすることができた」

ところで、本当に、太平洋戦争は、植民地からの、アジアの解放を、目的に始まったのだろうか？

ここに、昭和十八年に作られた大東亜政略指導大綱というものがある。

第一　方針

一　帝国ハ大東亜戦争完遂ノ為帝国ヲ中核トスル大東亜ノ諸国家諸民族結集ノ政略態勢ヲ更ニ整備強化シ以テ戦争指導ノ主動性ヲ堅持シ世界情勢ノ変転ニ対処ス

政略態勢ノ整備強化ハ遅クトモ本年十一月初頃迄ニ達成スルヲ目途トス

二　政略態勢ノ整備ハ帝国ニ対スル諸国家諸民族ノ戦争協力強化ヲ主眼トシ特ニ支那問題ヲ解決ス

第二　要領

一　対満華方策略

二　対泰方策（概要：相互協力ノ強化、マライ失地回復、国境ノ調整）

三　対仏印方策
既定方針ヲ強化ス

四　対緬《ビルマ》方策
昭和十八年三月十日大本営政府連絡会議決定緬甸独立指導要綱ニ基キ施策ス

五　対比《フィリピン》方策
成ルヘク速ニ独立セシム
独立ノ時機ハ概ネ本年十月頃ト予定シ極力諸準備ヲ促進ス

六　其ノ他ノ占領地域ニ対スル方策ヲ左ノ通定ム　但シ㈺、㈡以外ハ当分発表セス

(イ)「マライ」「スマトラ」「ジャワ」「ボルネオ」「セレベス」ハ帝国領土ト決定シ重要資源ノ供給地トシテ極力之カ開発並ニ民心把握ニ努ム

(ロ)前号各地域ニ於テハ原住民ノ民度ニ応シ努メテ政治ニ参与セシム

(ハ)「ニューギニア」等(イ)以外ノ地域ノ処理ニ関シテハ前二号ニ準シ追テ定ム

(ニ)前記各地ニ於テハ当分軍政ヲ継続ス

七　大東亜会議

以上各方策ノ具現ニ伴ヒ本年十月下旬頃（比島独立後）大東亜各国ノ指導者ヲ東京ニ参集セシメ牢固タル戦争完遂ノ決意ト大東亜共栄圏ノ確立ヲ中外ニ宣明ス

これが、昭和十八年に決められた大アジアの政略を決める指導要領である。この後、アジアの指導者を、東京に呼び、大東亜会議を開き、大東亜共同宣言を発表している。

この宣言は、簡単にいえば、大東亜（アジア）の諸国は日本を中心にして、これからもアメリカ、イギリスの植民地政策に反対し、相互の独立を尊重し、緊密に今後の政策を実行していく。

これが、大東亜共同宣言である。

日本が大東亜戦争（太平洋戦争）を始めた目的の一つは、アジアを、植民地から解放することだと、宣言しているから、昭和十八年に、アジア各国の指導者を東京に集めて、共同宣言を発表しても別に悪いことではないが、ただ気になるのは、六番のそのほかの占領地区における方策の項目である。

つまり、タイ国やビルマ、フィリピンには、速やかに、独立させるとあるのに、マライ、スマトラ、ジャワ、ボルネオ、セレベスは、独立はさせずに、日本帝国の領土にするということである。

その上、わざわざ、この項目だけ、当分発表しないとしている理由ははっきりしている。ビルマや、フィリピンでは、日本が必要としている軍事物資、石油、鉄、ゴム、ニッケル、アルミニウムを産出しない。

そういう国は、速やかに独立させるといっているのだが、日本が、必要としている軍事物資が出るマライ、スマトラ、ジャワ、ボルネオ、セレベスには、独立を認めない。日本帝国の領土とするということである。

確かに、太平洋戦争を始める時、戦争目的は、アジアの、植民地からの解放だと宣言した。

軍事物資のある国家を独立させてしまうと、石油、鉄、ゴム、ニッケル、アルミニウムなどを、手に入れようとすると、相手が独立国だから、正式な契約が必要だし、きちんと支払いをしなければならなくなる。

その資金が、日本にはない。

石油を手に入れるためには、それに等しい何か、相手が喜ぶものを与えなければならないのだが、悲しいことに、日本にはそれがない。日本は貧しいのだ。

こうなると、いかに、日本がアジアの解放を真剣に、謳っていても、日本帝国の領土になり、独立はさせてもらえないし、大事な物資は、持ち去られてしまう。そうなれば、解放したはずのアジアから、逆に、日本が、恨まれるようなことになる。

フィリピンについていえば、太平洋戦争が始まった時、すでにアメリカが、独立を認めているのに、今更、日本が、独立を与えるといっても、フィリピンは、戸惑うばかりだろう。

その上、マニラ市では、最初、日本軍はマニラ市を明け渡して、ルソン島北部で、アメリカ軍と戦うことにしていたのに、いつの間にか、その方針が、変わって、マニラ市街での戦闘が始まってしまった。そのために、マニラ市は、瓦礫《がれき》と化し、多くの市民が亡くなった。

3

明が、次々に、本のページをめくっていくと、「日本人の善意が悪い結果を生んだ」という言葉にぶつかった。

戦争中、日本人、あるいは、日本政府は、善意から、自分がいいと思っているものを、ほかの民族に押しつけた。それが仇《あだ》になったことがあるという。

インドネシアを、占領した日本の軍部は、神社を作った。そして、インドネシア人に、神社の前を通る時には、拝礼するように指導した。

日本には、神社が何万とある。そして、日本人は、神社に来たならば、拝礼して、清々《すがすが》しい気持ちになる。

それならば、インドネシアの人々も、神社に参拝すれば、清々しい気持ちになるだろう。これは、善意である。しかし、インドネシアは、回教の国である。イスラムなのだ。

イスラムは、ほかの宗教に対して、非寛容だといわれる。そうした厳しいイスラム教徒の人たちに、いくら善意であっても、日本の神社に礼拝させるというのは、それ以上、相手を傷つけることはないだろう。

また、もともと、満州は、満州族の領土である。それを中国が侵略したのだから、満州国を作って、満州族に返してやれば、それは侵略ではない。

石原莞爾が考えた理屈は、それだった。

満州国が完成し、その発表が行われた日、日本のある高官が、皇帝溥儀《ふぎ》に向って、こういったという。

「日本と満州は兄弟である。いってみれば、日本は兄で、満州は弟である」

その高官に、悪意があったとは思えない。いや、むしろ、満州国の、初代皇帝の溥儀を喜ばせようとして口にした言葉だと考えられる。とにかく、大日本帝国と満州は、兄弟だ。それは完全な誉め言葉だと、その高官は思ったに違いない。

しかし、よく考えてみると、満州族は一時、中国全土を占領して、清という国を作っていた。日本の何倍もあるような、大帝国だったのである。

日本の高官から、日本は兄で、満州は弟だといわれて、皇帝溥儀は、どう思ったのか？　喜んだのか、それとも、悔しかったのか？　そういうことを、その日本の高官は、考えなかった。あくまでも、相手が喜ぶと思って、いったのである、これも善意の押しつけである。

占領地区の日本人の監督官が、労働者に、朝、強制的に、ラジオ体操をやらせたという記録もある。

日本人監督官にしてみれば、日本では、働く前に、ラジオ体操をする。気持ちがよくなるし、それに、ケガも防げるはずだ。そう思って、毎日、ラジオ体操をやらせたのだが、そこは、赤道直下の熱帯地区である。そんなところで、毎朝、強制的に、ラジオ体操をやれば、労働者は、それだけで、疲れてしまう。

日本人の監督は、いいことをしたと思っていたろうが、これも、善意の押しつけで、気付かずに、現地の人の反感を買ってしまっているのだ。

日本軍が、接収した工場で、若い男性工員が、今日は、大事なデイトなので休暇をとったところ、日本人の工場長は、戦争の最中に、何を甘ったれているんだと怒って、殴りつけたが、殴られた工員は、なぜ自分が殴られたかわからず、日本人が怖くなって、逃げてしまったという話も書いてある。

明は、次第に、わからなくなってきた。一番、わからないのは、曾祖父、長谷見裕太郎の気持だった。

昭和十七年の新聞記事によれば、開戦直後に、抑留された長谷見裕太郎は、アメリカ司法省の尋問に対して、「この戦争は、植民地からのアジアの解放が目的である。思想戦争である」と、タンカを切ったという。

新聞は、さすがに、日本の男だと、ほめそやしている。しかし、今、明が、戦争の経過を見ていくと、とても、アジアの解放みたいな美しいものとは、思えなくなってくる。せっかく、アメリカ、イギリス、オランダの軍隊を追放しても、日本軍は、現地人から、嫌われていたのではないか。アジア解放戦でもなく、思想戦でもないではないか。

こんな現実を見て、長谷見裕太郎は、どう思っていたのだろうか？　アメリカ司法省の役人に対して、胸を張って、この戦争はアジアの解放戦争だ、思想戦争だと、いい切ったことを、くやんでいたのだろうか？　反省していたのだろうか？　それとも、これでいいと思っていたのだろうか？

明は、正直な気持を聞きたいが、曾祖父はすでに亡くなっているし、日記も見つかっていないのである。

そんなことを考えている中に、明は、疲れ切って、いつの間にか、眠ってしまった。

目が覚めたのは、誰かが訪ねてきたことを知らせる部屋のインターホンによってだった。

慌ててドアを開けると、そこに、岡田由美が立っていた。

「編集長が、様子を見てこいというんで、寄ってみたの。これ、お土産」

と、いって、由美は、果物籠《くだものかご》を差し出した。

「まあ、入ってよ」

と、明が、部屋に招じ入れた。

部屋に入ると、由美は、

「すごいわね。部屋中が、本だらけじゃないの？」

と、いった。

「今度の太平洋戦争について、僕は、ほとんど何も知らなかったからね。とにかく、編集長から押しつけられた本を、片っ端から読んでいるんだよ」

「お腹が空いているんじゃないの？　何だか、寝て起きたばっかりというような顔をしているから」

「実は、そうなんだ。本を読み疲れて、知らないうちに寝てしまったんだ」

「何か、食べるものがあるの?」

「ラーメンの具は買ってある」

「じゃあ、私が作ってあげるわ」

と、由美が、いった。

由美は、冷蔵庫を開けて、ラーメンの具を取り出し、作り始めた。

その間に、由美は、ちらりと明のほうを見ると、

「疑問だったことは、少しは分かってきたの?」

「いや、逆に、疑問が、増えた感じだよ。戦争というのは、見方によって、全く違って見えるからね」

「大変ね」

「しかし、面白くもあってね。夢中になりそうなんだ。特に、ある事件の真相に辿りついた時は、快哉《かいさい》を叫びたくなる」

と、明は、いった。

翌日、岡田由美が、出社すると、編集長が寄ってきて、

「長谷見君が、何をしているか、知っているかね?」

と、きく。

「編集長が、彼に、一週間の休暇をやるから、太平洋戦争について書かれた本を、全部読めとハッパをかけたんじゃありませんか。昨夕《ゆうべ》、帰りに寄ったら、一所懸命、勉強してましたよ」

「それならいいんだが、さっき電話したら、ぜんぜん出ないんだ」

「疲れて、まだ、寝てるんじゃありませんか」

「そんなに広い部屋に住んでるのか？」

「１ＤＫですけどね。そうだ。独り者だから、朝食を作るのが面倒くさくて、近くの喫茶店で、モーニングサービスを頼んでるんじゃありませんか」

「今日も、彼のマンションに寄ってみてくれ。座談会に出るのに、自信がなくなって、逃げ出したかも、知れないからな」

と、編集長が、いった。

この日も、岡田由美は、帰りに、明のマンションに寄った。

午後七時を廻っていたが、明の部屋のドアは、閉まっていた。ノックしても、インターホンを鳴らしても、返事がない。

管理人を呼んで、

「長谷見さん、何処かに、出かけたんですか?」

「いや、知りませんよ。出かけたのかな?」

管理人の返事は、頼りない。

「マスターキーで、開けて下さい」

「でも、返事がないんでしょう?」

「居留守を使ってるかも知れないの」

由美は、中に聞こえるように、わざと、大声を出した。

ドアが開いて、由美は、中に入った。1DKの狭い部屋である。だが長谷見明は、どこにも、いなかった。

(編集長がいうように、自信がなくなって、逃げ出したのかしら?)

由美が、首をかしげた時、由美の携帯が、鳴った。

耳に当てると、長谷見明の声が聞こえた。のんきに、

「やっぱり、来ていたんだな。編集長に頼まれたんだろう?」

「ええ」

「あの編集長は、あれで、気が小さいから、僕がいなくなったと思って、心配なんだ」

「今、何処にいるの？」

「明後日《あさって》、帰るよ。遊びじゃなくて、仕事で来てるんだ。編集長には、間違いなく座談会に出ますといっておいてくれ」

「帰るのは、明後日ね？」

「ああ、少しばかり、遠い所に来ているんでね」

第五章　座談会

1

三回にわたって、行われることになっている「私たちの戦争」と題した座談会の広告が、新聞に掲載された。

第一回の座談会は、太平洋戦争が、勃発《ぼっぱつ》するまでの世界情勢と、日本の政治情勢、戦争に反対する力が、次第に押されていき、ついに戦争に突入するまでを、語り合う。

第二回目は、最初の大勝利から、次第に戦局が、不利になり、政府や軍部の一部に、和平を模索する動きが見え始め、それに対する徹底的な弾圧が、行われたところまでが、予定されている。

憲兵による弾圧のところに、東条首相の暗殺計画が入り、長谷見明が、自分の曾祖父のこと、祖父のことをしゃべることに、なった。

第三回目の座談会では、「終戦への遠い道」と題されて、太平洋戦争の総括が、行われる。

二回目の座談会に、出席するメンバーの会合があって、長谷見明も、出席した。総合司会の畠山教授は、第一回、第三回にも、出席することになっている。

第二回の、出席者として、明が紹介されたのは、四人の男だった。

一人目の鵜原和利《うばらかずとし》は、六十歳、S大の教授で、専門は、現代史である。

二人目は、佐々木弘樹《ささきひろき》、五十九歳でR大の准教授で、専門は、第二次世界大戦の研究である。

三人目は、荒木田守《あらきだまもる》、五十五歳。元陸上自衛隊の幕僚長だった彼は、日本の戦争の研究者でもある。

四人目は、テリー・アオヤマ・クリスチャン・ジュニアである。彼は、日系アメリカ人三世で、父親は、沖縄戦にも参戦したが、主として日本人捕虜の通訳として活躍していたといわれている。

その四人に、編集長が、明を、紹介した。

「彼は、長谷見明君といいまして、曾祖父は、長谷見裕太郎さんです。長谷見裕太郎さんは、皆さんも、ご存じかと思いますが、太平洋戦争が始まった時、アメリカに領事として赴任《ふにん》していましたが、開戦とともに、アメリカ政府に抑留されました。翌年の、昭和十七年四月、交換船で、日本に帰ってきた後は、鎌倉にあった『料亭さくら』のオーナーとして、戦後まで、ずっと料亭の仕事を、続けていました。この『料亭さくら』は、戦前から戦中、戦後にかけて、外務大臣などの、政府の要人や、陸海軍の高級将校、あるいは、実業家が頻繁に利用していた店で、『料亭さくら』を舞台にして、和平工作や、あるいは、東条首相暗殺の計画が立てられました。東条首相の暗殺計画については、今まで、その存在が、人々の口に上りながらも、実態が、分かりませんでした。それで、この、長谷見明君に、知っている範囲で、この幻の暗殺計画について話してもらおうと思っています」

編集長が、いうと、鵜原和利、佐々木弘樹が、長谷見明に、興味を持ったのか、次々に、明に話しかけてきた。

「君が、あの、長谷見裕太郎さんのお孫さんですか？」

と、佐々木が、きく。

「いいえ、僕は孫ではなくて、ひ孫に、あたります」

と、明は、慌てて訂正してから、

「今、編集長から紹介されましたが、僕は、曾祖父の、長谷見裕太郎のことも、『料亭さくら』のことも、よく知らないんですよ。ですから、そんなに期待しないでください」

最初、和気あいあいとして、夕食を取っていたのだが、そのうちに、鵜原和利が、

「ノンフィクションライターの、渡辺浩君が殺された事件だけど、いったい、その動機は、何なのだろうか？　ひょっとすると、われわれが、参加する座談会に、関係があるんじゃないだろうか？」

と、いい出した。

「いや、それはないと、思いますね」

編集長が、慌てて、否定した。

「どうして、そう、思うのかね？」

「太平洋戦争は、すでに一つの歴史になっていますから、歴史が、殺人の動機になるとは、私には、とても思えませんね」

「そうとばかりは、いえないんじゃないのかね？」

司会役の畠山教授が、異議を唱えた。

編集長としては、そういう話のほうには、あまり、持っていきたくなかったのだろ

う。

「今回の座談会に出てくる、太平洋戦争の関係者は、ほとんどが、もう、すでに亡くなっていますよ。この長谷見明君は、今年二十五歳ですが、座談会で、名前が出てくると思う元アメリカ駐在領事の、長谷見裕太郎さんの、ひ孫なんです。先日、殺された渡辺浩さんにしても、長谷見明君と同じく戦争を知らない世代です。太平洋戦争については研究を重ねて、何冊かの本を出していますが、戦争には、全く参加していないんですよ」

「それじゃあ、編集長は、渡辺浩君が、どうして、殺されたと思っているんですか？　動機は何だと思うんですか？」

畠山教授が、編集長に、きいた。

「まだ犯人が、捕まっていない今の段階で、あれこれ、勝手なことはいえませんが、渡辺さんは、太平洋戦争について、何冊かの本を書いて、その中で、当時の指導者のことを批判していますが、そのことで殺されたとは考えられませんね。彼が殺されたのは、全く別の理由だろうと、思っています」

「全く別の理由というと、例えば、どういう理由ですか？」

「そうですね、男女関係のもつれということだって考えられますし、渡辺さんは、太平洋戦争についての本だけではなくて、マルチ作家ですから、芸能界の裏話のようなことも、書いているんです。日本で、今、いちばん人気のある俳優についても、芸がヘタだとか、天狗になっているとか、クソミソに、書いていますからね。その俳優本人が殺さなくても、狂信的なファンがいますからね。そのファンが、犯人かもしれません」

「長谷見さんは、どう思いますか？」

畠山が、急に明に向って、質問をぶつけてきた。

明は、戸惑いながら、

「僕には、よく分かりません。何しろ、渡辺さんと、親しくなったのは、つい最近のことですから」

「その、最近というのが、ひょっとすると、犯人の動機になっているかもしれませんよ。あなたから見て、渡辺さんというのは、どんな作家に見えましたか？」

「そうですね、ここにきて、渡辺さんの書いた本を、何冊か読んだのですが、妥協しない人だと思いましたね」

「それは、取りあげる相手に対して、容赦がないということですか？」

「そうかもしれません。とにかく、あれだけ徹底的に書かれたら、相手は怒ってしまうでしょうね。それは感じました」

明は、正直に、いった。

お互いを紹介し合う、夕食会が終わって、出席者が帰っていくと、編集長は、後に残った明に向って、

「第二回の座談会には、必ず出席してくれないと困るよ、大丈夫だろうね?」

「大丈夫です。必ず出席しますよ。最初のうちは、僕のような人間が、出ても仕方がないだろうと、思っていたんですが、本を読んだり、資料に目を通したりしているうちに、面白くなってきましたから」

明が、いうと、編集長は、

「あと一つだけ、君に、聞いておきたいことがある」

と、いい、続けて、

「一週間の休暇をやるから、その間に、渡辺浩さんの用意した本を、全部読めと、私はいった。しかし、最後の二日間、君は、行方不明になっていた。いったい、どこに行っていたんだ? そこへ行って何をしていたのか、それを聞かせてくれないかね?」

「あの二日間は、あくまでも、僕の個人的な用事で、旅行していただけですから、特に、編集長に、お話しすることは、ありませんよ。もし、座談会で、聞かれれば話し

ますよ。別に、座談会を壊すようなことでは、ありませんから」

　と、明が、いった。

「長谷見裕太郎さんについては、いろいろと調べたかね？」

「ええ、調べました。自分の曾祖父なのに、長谷見裕太郎のことを知らなかったのですが、今では、いろいろとわかりました。勉強になりました」

「もう一つ、君には、調べていたことがあったね？　戦時中に、二十五歳の若さで召集され、沖縄戦で死んだ、君の祖父、長谷見伸幸さんのことだ。長谷見伸幸さんについては、どうなんだ？」

「そうですね、祖父の長谷見伸幸は、生まれつき身障者なのに、なぜ突然、召集され、沖縄戦で、亡くなってしまったのか？　また、召集され、入隊するまでに、彼は、一枚の絵を描き残しているのですが、それは有間皇子の肖像画です。彼がどうして、その絵を残したのか？　その絵に、何を託そうとしたのか？　それを、岡田由美さんと、二人で調べた結果、大体《だいたい》、答えが見つかったと、思っています」

「有間皇子の死と、戦時中、その肖像を描き残して、戦死した長谷見伸幸さんの生き方や、死に方には、共通点があると、君は考えているようだが、その共通点は、見つかったのかね？」

「まだ、確信は持てませんが、二人の生き方死に方に共通する、いくつかのポイントのようなものは、何となく、分かったような気がしています」

「よし、分かった。座談会では、司会の畠山先生に頼んで、若き天才画家の長谷見伸幸さんと、西暦六五八年に亡くなった、有間皇子の間には共通点がある、そのことを、話し合ってもらうようにしよう」

と、編集長が、いった。

第二回の座談会の日が、きた。

出版社が用意した、日本料亭Nの奥座敷、そこが、座談会の会場だった。

長谷見明も、編集長と一緒に、会場に出向いた。同僚の編集者、岡田由美も、心配そうな顔で、会場に来ている。

総合司会の畠山教授、現代史が専門の鵜原和利、第二次世界大戦研究家の佐々木弘樹、元陸上自衛隊幕僚長の荒木田守、そして、日系三世のテリー・アオヤマの面々も、すでに顔を揃《そろ》えていた。

明も加わって、食事をしながらの座談会が、始まった。

最初は、昭和十六年十二月八日の開戦以来、圧倒的な勝利を、重ねてきた日本軍が、昭和十七年六月のミッドウェイ海戦で、決定的な敗北を喫し、その後、戦局が、どんどん不利になっていく。その頃の政府、軍、国民の動きを、話していく。

その間のことについて明は、あまり詳しくないこともあって、ほとんど発言しなかった。

話が進んで、昭和十八年の冬に計画され、結果的に、失敗に終わった、東条首相の暗殺計画になった。

まず、司会の畠山教授が、この暗殺計画について、概要を、説明した。

「この計画に参加したのは、元外務大臣、浅井清、満州国政策顧問、木下秀次郎、海軍兵学校副校長の海軍少将、三田村勝敏、大本営陸軍参謀本部戦争指導班長の陸軍中佐、谷口健太郎、日の丸飛行機製造社長、原島雄作、そして、この計画に、場所を提供した『料亭さくら』のオーナー、長谷見裕太郎です。さらに、このほか二人が参加して、合計八人で、昭和十八年の春頃から、東条首相暗殺計画をスタートさせています。結果的に、この計画は失敗に終わり、陸軍の憲兵隊によって、六人が逮捕されてしまったわけですが、この計画について、私は、三つの疑問を持っています。第一は、秘密裏に進められたはずの暗殺計画が、どうして外部に漏れ、東条首相の指揮する、憲兵隊によって、六人が逮捕されてしまったのかということです。第二は、この事件は、未遂に終わったとはいうものの、時の首相の暗殺を企てるという重大事件です。それなのに、逮捕された六人が、なぜか、四ヵ月後に、釈放されています。どうして、簡単に釈放されたのか？　これが、第二の疑問です。第三の疑問は、この計画に参加した八人の中に、いまだに、名前が判明しない、肩書きも、分からない二人の人間が、いるということです。なぜ、二人の名前が、いまだに不明のままなのか？　この三点が、私の疑問です。今日、この座談会には、長谷見明さんに来ていただいております」

畠山は、明に眼をやり、さらに、言葉を続けた。

「長谷見明さんは、この昭和十八年、一九四三年の東条首相暗殺計画に参加し、大きな力となった『料亭さくら』のオーナー、長谷見裕太郎さんのひ孫に、あたる方です。参加者の一人の家族として、さまざまな思いがおありと思うので、長谷見明さんの話もぜひ伺いたいと思っています」

畠山は、もう一度、明の顔を見て、

「聞いたところでは、長谷見さんは、最初、この問題に、関心がなかったそうですが、本当ですか？」

「ええ、正直にいって、初めのうちは、ほとんど、関心がありませんでした。何しろ、私は、完全な戦後の生まれで、戦争が終わってから四十年も経ってから生まれましたから、私にとって、戦争時代は、遠い過去の話に、すぎなかったのです。今回、問題の『料亭さくら』が、老朽化したために、建物が壊されることになりました。その解体作業前に、建物に入ったところ、天井から、突然、一枚の絵が、落ちてきました。その絵を、今日、皆さんに見ていただこうと思い、ここにお持ちしています」

と、明が、いい、岡田由美が、その絵を、座敷の床の間に立てかけた。

「この絵は、今、司会の畠山先生が、おっしゃった『料亭さくら』のオーナー、長谷見裕太郎の息子、長谷見伸幸、つまり、私の、祖父にあたる人が、描いた絵なのですが、長谷見伸幸は、当時二十五歳で、天才画家といわれて、将来を、大いに嘱望されていました。ただ、生まれつき右足が悪かったので、徴兵はなく、絵に専念して、すでに結婚もしていました。ところが、東条首相の暗殺計画に、連座して、父親の長谷見裕太郎が、逮捕された後、突然、召集を受け、一兵士として、沖縄に送られ、そこで戦死しました。ここに持ってきた仲幸の描いた絵ですが、描かれているのは、西暦六五八年に、反逆の罪で逮捕されて、絞首刑になった有間皇子の肖像です。なぜ、突然、召集された、長谷見伸幸が、沖縄に行く前に、この絵を描いたのか？　絵の裏を見ますと、処刑された有間皇子が遺した言葉が、そのまま書かれてありました。『天

と赤兄と知らむ　吾全ら解らず』という、自分が、なぜ、こんな目に遭うのか分からないという、言葉です。この絵を描いた、私の祖父、長谷見伸幸も、身体障害者の自分が、どうして召集され、沖縄に飛ばされるのかが分からない。そこには、死しか待っていません。なぜ、こんな目に遭うのかと、悲しみと怒りを込めて、有間皇子と同じ言葉を絵の裏に、書きつけたのだろうと、私は、考えています。当時の日本、その頃、倭国といっていましたが、朝鮮半島にあった百済という国が、新羅によって滅ぼされ、百済の王が、日本に、亡命していました。亡命した百済の王を援けて、当時の天皇と中大兄皇子が、二万七千の軍勢を、朝鮮半島に上陸させ、新羅と戦うことを、計画していたわけです。しかし、新羅の後ろには、当時の大国である、唐が控えていました。倭国には、とても勝てる相手ではなかったわけです。当然、その戦争に、反対していた人たちがいました。蘇我入鹿、これは、大臣ですが、それと、その父親である蘇我蝦夷です。このことが、太平洋戦争と、よく似ていると思って、私は、曾祖父、長谷見裕太郎が、参加していたという東条首相の暗殺計画に、興味を持ったのです。太平洋戦争でも、中国の後ろには、強大な力を持ったアメリカが、います。どう見ても、日本が勝てる見込みのない戦争なのに、当時の日本の指導者は、どうして、戦争を、始めてしまったのでしょうか？　その点は、西暦六六三年の倭国と新羅、唐の連合軍の戦いに、よく似ていると、思っているのです」

明が、いっきに話すと、現代史が専門の鵜原和利が、首をかしげた。

「今、長谷見さんは、当時の天皇と、中大兄皇子は、朝鮮半島で新羅・唐の連合軍と、戦おうとしていたと、おっしゃいました。この戦いは、誰も知っていますが、蘇我氏が反対していたと、いうのは、初耳です。『日本書紀』によれば、蘇我入鹿と蘇我蝦夷が、倒されたのは、戦争に反対したためではなくて、蘇我氏が、天皇の地位を狙《ねら》っていたからとなっています。そこで、中大兄皇子が、中臣鎌足と組んで、蘇我本家を滅ぼしたとなっていますが、それは違うというわけですか？」

「私も、今までは、その通りに考えていましたし、学校の歴史の授業でも、そう習いました。しかし、蘇我氏について調べてみると、自分たちが天皇になろうとしたことは、一度もないのです。彼らが、やったことといえば、自分たちの娘を、歴代の天皇の后にすることでした。また、蘇我氏というのは、朝鮮半島からの渡来人ではないかと、いわれたり、渡来人を集めて、その技術を利用して、自分たちの国の繁栄に、力を尽くしています。蘇我蝦夷の父親である馬子は、聖徳太子と組んで、十七条の憲法も作っていますし、その政治的な手腕は、倭国にとって、なくてはならないものだったのです。ですから、蘇我入鹿と蝦夷を、殺す必要など、全くなかったのです。ただ一つ、殺す理由があったとすれば、今も申し上げたように、渡来人の末裔《まつえい》、あるいは、渡来人の育ての親だった蘇我氏は、朝鮮半島の政治情勢や、あるいは大国、唐のことに詳しかった筈《はず》である。それなら、当然、戦争に反対していた。そのために、殺されたのではないかと、考えたのです。これは、あくまでも、私の想像です。朝鮮半島に二万七千の大軍を送って、新羅と戦い、亡命してきた百済の王を援けて、もう一度、百済の復興を実現したいと、考えていた中大兄皇子や皇極天皇、これは女帝ですが、後に、斉明天皇となって、軍勢を朝鮮半島に向けることになるのですが、反対勢力が、強くては、不可能です。それで、天皇の地位を狙っていると理由をつけ、蘇我入鹿を殺し、父親の蝦夷を自殺させてしまうのです」

「しかし、蘇我氏が、滅んだ後も、すぐには、朝鮮に出兵してはいませんよね？　その後、孝徳天皇の次の斉明天皇の時代に、しています。孝徳天皇が亡くなった後、その子の有間皇子が、反逆の罪で、処刑されているわけでしょう？　その辺のことは、長谷見さんは、どう考えていらっしゃるんですか？」

と、佐々木が、きく。

「孝徳天皇ですが、彼が皇太子の時に、中大兄皇子や、中臣鎌足と一緒になって、蘇我入鹿を倒すのに、力を貸した。と、いう人もいます。私は、これは、間違っていると思うのです。大阪に、磯長谷というところが、あります。ここには、蘇我氏と深い関係のあった歴代の天皇のお墓、つまり、陵が、あるのです。そのため、王家の谷とも、呼ばれているのですが、この天皇陵の中には、敏達天皇陵、用明天皇陵、推古天皇陵、聖徳太子の廟所、そして、興味深いことに、孝徳天皇陵もあるのです。そこは、今も申し上げたように、蘇我氏と深い関係のあった天皇の、陵が集まっているところなのです。この中に、孝徳天皇陵もあるということは、孝徳天皇が、蘇我氏と、深い関係にあったことを、うかがわせます。孝徳天皇が、蘇我氏を滅ぼすのに、中大兄皇子や、中臣鎌足に、手を貸したということは、まず考えられなくなります。それよりも、むしろ、孝徳天皇は、蘇我氏と、考えが同じだった可能性が強いのです。つまり、孝徳天皇も戦争には反対だったと、私は、考えます」

「しかし、孝徳天皇は、殺されてはいませんよ。蘇我入鹿のようには」

「そうです。さすがに、天皇を殺すことは、憚《はばか》られたのでは、ないでしょうか？　しかし、孝徳天皇は、倭国が新羅や唐と戦争することには、おそらく、反対の態度を、示していたに違いないと思いますね」

「そう考えられる証拠があるのですか？」

「孝徳天皇は、即位するとすぐ、都を、飛鳥から難波に、移しています。難波というところは、今の大阪の港にあたります。飛鳥に比べれば、朝鮮半島には近いところです。水路で、朝鮮半島と繋《つな》がっていますからね。そこに、都を移したということは、朝鮮との関係を、改善しようと考えたからではないかと、思うのです。戦争のためなら、難波ではなく九州に都を移す筈ですから。中大兄皇子は、戦争に反対でも、まさか、天皇を殺すというわけにはいかない。その代りに、孝徳天皇を、孤立させることを、考えました。中大兄皇子は、弟の大海人皇子、天皇の地位を退いた皇極上皇、それに、驚くことに、孝徳天皇のお后の、間人皇女まで連れて、飛鳥に戻ってしまうのです。一人だけに、なってしまった孝徳天皇は、失意のうちに、亡くなってしまいます。これは、『日本書紀』にも書かれています」

「そこまでは、納得しましたが、そうなると、有間皇子のことは、どう考えるわけですか？」

鵜原が興味を持った眼で、明を見た。

「有間皇子は、父親の孝徳天皇が、孤独のうちに亡くなったことを、悲しんだことでしょう。そう仕向けたのは、中大兄皇子ですから、中大兄皇子に対して、怒りを持っていたと思うのです。しかし、政治的な力は、残念ながら、有間皇子には、ありませんでした。自分も、いつかは、殺されてしまうのではないかと考えて、『日本書紀』

によれば、有間皇子は、仮病まで使っていたと、いわれています、しかし、中大兄皇子と、孝徳天皇の跡を継いだ斉明天皇、これは、女帝ですが、二人は、有間皇子を、罠にはめて、殺害してしまうのです。その後、六六一年、二万七千人の大軍を率いて、朝鮮半島に向います」

「有間皇子も、戦争には、反対だったということですか?」

「それは分かりませんが、今も申し上げたように、孝徳天皇は、蘇我氏と深い関係があって、都を飛鳥から難波に移したということから、新羅・唐との戦争には、反対だったと思うのです。当然、その子の、有間皇子も、戦争には反対だったでしょう、政治的には、弱者だったと思いますが、何といっても、皇位継承者です。天皇になって、戦争反対を叫べば大きな力になります。そこで、中大兄皇子と斉明天皇は、六五八年、有間皇子を、罠にかけて、殺してしまったのです。戦争反対の勢力を一掃し、三年後の六六一年、堂々と、二万七千の大軍を率いて、朝鮮半島に、向うのです。新羅だけではなくて、新羅の後ろには、大国の唐がいますからね。倭国が頑張ったところで、とうてい勝てる相手ではないのです。当然のように六六三年、白村江で大敗を喫してしまいます。それが、私の目には、太平洋戦争に、よく似て見えます」

「そうですね。太平洋戦争でも、勝てる戦争ではないと分かっていながら、始めてしまいますからね」

「今、東条首相暗殺計画について、話し合うことになっています。私の祖父、長谷見伸幸の立場と、有間皇子の立場とが、ひじょうに、よく似ていると思うのです。有間皇子は、力のない自分が、どうして殺されなければならないのか、分からなかった。同じく、天才画家と呼ばれた長谷見伸幸も、なぜ、突然、召集され、死ぬことが分かっている沖縄に行かされるのか、その理由が分からずに苦しんでいたと思います。長谷見伸幸の父親、私にとっては、曾祖父ですが、東条首相暗殺計画に参加した長谷見裕太郎が、四ヵ月勾留されたあと、釈放されているのに、なぜ、その息子で、東条首相暗殺計画に、参加したわけでもない、長谷見伸幸が、これは、東条首相の命令だと思うのですが、召集され、そこに行けば、死ぬことが分かっている沖縄に行かされたのか、それが分からずに、悩んでいたと思いますね」

「それで、あなたは、答えが見つかったのですか？」

「そうですね。私なりの答えが見つかったと思っています。ただ、その前に、私は、東条首相の暗殺計画に参加した人間が八人いて、そのうちの六人の名前は分かっているのに、なぜ、残りの二人の名前が、伏せられたままになっているのか？　まずこの疑問から考えてみたいのです。畠山先生と同じく、私も、名前の分からない二人について、いったい、どんな人物なのだろうかと、考えました。最初に、考えたのは、この二人が、東条首相のスパイだったのではないかということです。暗殺計画に参加した六人に対して、計画に、賛成をするようなふりをしてその六人のことを、調べていたスパイだったのではないでしょうか？　だとすれば、スパイの二人は、名前はもちろん、身分も伏せられてしまうだろうと考えたのです。次に、考えたのは、戦前から戦中にかけて、日本陸軍では、皇道派と統制派の二派に分かれていました。これは、よく知られていたことで、統制派の筆頭は、東条首相です。東条首相が、関東軍の、憲兵隊司令官の時に、日本の内地では、二・二六事件が、起きています。参加した青年将校の多くは、皇道派だったといわれます。関東軍の憲兵隊司令官だった東条は、関東軍の中にいる皇道派を、次々に逮捕し、追放していったといわれています。しかし、憲兵隊員の中にも、皇道派がいたり、統制派がいたりしたということも、あったそうです。東条首相の手足となって、働いていた憲兵隊ですが、その中に、皇道派の人間がいたのではないでしょうか？　もし、いたとすれば、その隊員は、当然、東条首相の考えには、反対です。しかも、その反対派が、あろうことか、自分の暗殺計画に参加していたとなれば、面目丸潰れです。六人は逮捕したが、残りの二人については、発表を抑えてしまったのではないか？　そういうことも、考えたのですが、どうもスッキリしません。最後に考えたのは、氏名の分からない二人は、皇族では、ないのかということです　戦時中、日本では、イギリスの王室に倣《なら》って、皇族は全て、陸海軍に、入ることになっていました。その、皇族二人も、陸軍か海軍の将校になっていた。皇族の中には、太平洋戦争に、反対だった人も、何人かいると聞いています。問題の皇族二人も元々、戦争には反対で、昭和十八年には、このままでは、日本は滅びてしまう。和平を考えなければならない。そう考え、元外務大臣たち六人の、東条首相暗殺計画に賛成したのではないでしょうか？　そうした計画があるのを知って、東条首相の、手足となって、動いていた憲兵隊が、グループを逮捕したところ、その中に、皇族が二人、入っているのを知って、驚愕《きょうがく》してしまったのではないでしょうか？　まさか、皇族を逮捕したり、勾留したりはできない。したがって、皇族二人の名前は、伏せられてしまったのではないか。このことが、首相の暗殺という、大事件なのに、六人が、四ヵ月の勾留の後、釈放されたことに繋がってくるのではないでしょうか？　この六人を処刑してしまえば、計画に参加していた皇族も処分しなければならなくなります。さすがの東条首相も不可能ですから、全員を、釈放せざるをえなかった。私は、そんなふうに、考えたのです」

「長谷見さんの答えが、正しければ、私がさっき、呈示した二つの疑問の答えが、出たことになる」

　と、畠山は、いったあと、

「しかし、長谷見さんの祖父、二十五歳の天才画家、長谷見伸幸さんが、なぜ召集され、死ぬと分かっている、沖縄は送られることになったのか、その理由が、分かりませんね。彼は、東条首相の暗殺計画には、参加していなかったのだから」

「それについても、何とか、答えらしいものを見つけました。私は、こんなふうに、考えたのです。私の祖父の長谷見伸幸は、今、畠山先生がおっしゃったように、東条首相暗殺計画には、参加していなかったのに、召集され、沖縄にやられ戦死しました。その理由が分からなくて、悩んでいたと思うのです。それで、自分と同じような境遇だった有間皇子の肖像画を描き、絵の裏に、有間皇子が口走ったといわれる言葉を書きつけたのではないかと思うのですね。有間皇子は、自分には何も分からないと言い、その言葉を、そのまま、長谷見伸幸も、絵の裏に、書きつけています。なぜかと考えていくと、どうしても父親の長谷見裕太郎の存在に突き当ってしまいます。有間皇子の事件に、父親の孝徳天皇の存在が関係していたようにです。東条首相は、長谷見裕太郎の行動に、腹を立てていました。処刑したかったに違いありません。しかし皇族が絡んでいたので、それもできない。しかし、それでは、腹の虫が、治まらなかったのではないか。そこで、長谷見裕太郎の息子、身障者で、すでに妻子のいた長谷見伸幸に、召集をかけ、強引に沖縄に送り込んだのではないかと考えたのです。なぜ、長谷見裕太郎だけ、狙ったのかを調べました。戦時中の、新聞報道を、国会図書館に行って、調べてみたのです。開戦の時に、領事としてアメリカに、赴任していた長谷見裕太郎は、開戦と同時に、アメリカ側に、抑留されました。大使、領事、実業家、あるいは、新聞記者など抑留された人たちは、アメリカ司法省から尋問を受けています。司法省の役人に『あなたは、今回の戦争について、どう思いますか？』と質問されて、長谷見裕太郎は、こう答えているのです。『今回の戦争は、単なる戦争ではなくて、アジアを、植民地支配から解放する思想戦争、思想革命である。この戦争によってアジア各国は、解放されるだろう』と、答えているのです。そのことが、昭和十七年の日本の新聞に載っていました。プリントしてきましたので、皆さんに、お配りします」

明は用意してきた新聞のコピーを、出席者に配った。

「そこに、長谷見裕太郎の言葉が、見出しになって、載っています。『今回の戦争は、アジアの解放と主張した長谷見裕太郎』と、日本の新聞は、誉めちぎっているのです。アメリカの司法省の役人に、一撃を食らわせてやった、これこそ日本男児の心意気だとでも、いいたげな報道です」

「しかし、これでは、あなたの考えとは、反対になってしまうのでは、ありませんか？　長谷見裕太郎さんは、昭和十七年に、交換船で帰国したあと、外務省を辞めて、『料亭さくら』の主人になり、そのあと、東条首相暗殺計画に参加した。それで憎まれ、その子供の、長谷見伸幸さんは、見せしめのために、召集され、沖縄にやられたというわけでしょう。この新聞に載っていたような内容を、領事だった長谷見裕太郎さんがアメリカで発言しているのならば、逆じゃないのかな？　太平洋戦争を始めたのは、東条首相だから、その戦争に賛成して、いわば、アメリカに向って、タンカを切ってくれた長谷見裕太郎さんには、感謝していたと思いますね。それなのに、どうして、長谷見裕太郎さんの一人息子、それも若き天才画家の伸幸さんを召集し、沖縄に、追いやったのか？　その辺が、不自然になってくるんじゃありませんか？」

「私も、この新聞記事を読んだ時、おかしいなと、思ったのです。曾祖父の長谷見裕太郎は、今回の戦争に、賛成だった。しかも、この戦争は、アジアの解放のための、思想戦争、思想革命だとまで、いっていますからね。それが、東条暗殺計画と、どうしても、結びつかなかったんです。私は、その答えを、見つけようとして、アメリカに行って来ました」

明が、いうと、編集長が、ジロリと、明を睨《にら》んだ。

「私は、渡米するとすぐワシントンに行き、公文書館で調べたのです。当時の、アメリカの司法省の役人がした、尋問の記録をです。確かに、開戦と同時に、日本人の大使、領事、あるいは実業家などが抑留され、アメリカ司法省の役人から、尋問を受けています。その記録を見せてもらったのです」

「その時の長谷見裕太郎さんの答えが、日本の新聞の記事とは、違っていたんですか?」

「いや、違っては、いませんでした。日本の新聞の記事通りのことを、長谷見裕太郎は、アメリカ司法省の役人に答えているのです。今回の戦争についてどう思うかと聞かれて、長谷見裕太郎は、『これはアジアの、解放戦争である。思想戦争だ。戦争が終わった時には、間違いなく、アジアの多くの国が、解放されていることだろう』、そう答えているのです」

「それでは、答えは、見つからなかったわけですか?」

畠山が、首をかしげると、明は、手を小さく横に振って、

「実は、司法省の役人の尋問は、まだ、次があったのですよ。日本の新聞は、第一問に対する長谷見裕太郎の答えだけを、載せているのです」

「次の質問というのは、どんなものですか？」

「司法省の役人は、こう、聞いています。『今回の戦争が、アジアの解放戦争、思想戦争だというのならば、当然、あなたは、日本の勝利を確信しているのでしょうね？』とです。それに対する長谷見裕太郎の答えも、当然、載っていました。それは、こういうものでした。『いや、日本は、この戦争に必ず負ける。負けたほうがいい。なぜなら、日本は、貧しい国だから、インドネシア、仏領インドシナなどを占領しても、そこの資源を、戦争に役立てるために取り上げて、日本の内地に、運んでしまうだろう。貧乏な日本国家は、それに対して、与えるものが何もない。今、インドネシアや仏領インドシナなどの国民は、日本軍に解放されたと考えて、日本軍を歓迎している。しかし、これは長続きしない。なぜなら、何も戦略物資を持たない日本が、占領した国から、石油、鉄、アルミニウム、ゴムなどを持ち去るに、決まっているから、必ず反感を持たれるようになる。その結果、日本は、必ずアメリカに負ける。アメリカは、日本に比べて、持てる国である。アジアから、持ち去るものは何もない。むしろ、戦争が終わった後、アメリカは、アジアに対して、さまざまな物を与えるだろう。そしてたぶん、アメリカによって、アジアは、解放されるだろう。日本が始めた今回の戦争は、間違いなく、アジア解放のための、聖戦である。しかし、今いったような理由で、結局、日本は、解放すべきアジアから、反感を持たれ、アメリカに敗北し、アメリカが、結局はアジアを、解放することになる。したがって、日本は、アメリカに負けるし、負けるべきなのだ』、こう答えているのです。この部分は、日本の新聞は書きませんでした。それは当然ですね。東条首相は、この部分を、あとで知ったのではないかと思うのです。おそらく、東条首相は、長谷見裕太郎の勇ましい発言を日本の新聞で読んで、その続きも、たぶん、勇ましいだろうと思って、調べたのではないでしょうか？　ところが、日本は、アメリカに負ける。負けた方がいい。アジアの解放を謳《うた》っても、結局アジアの人々から、嫌われてしまう。そして、最終的に、アジアを解放するのは、アメリカである。長谷見裕太郎が、そんな驚くべき発言をしたことを知って、激怒したのではないでしょうか？　しかし、暗殺計画に皇族も、参加していたので、処刑することはできなかった。東条首相は、長谷見裕太郎に対して、激怒していますから、見せしめのために、息子の長谷見伸幸を、強引に召集し、死ぬと分かっている沖縄に送ったのではないかと、私は、考えたのです。そのことは、長谷見伸幸本人には分からなかった。なぜ、無理矢理、画家の自分を、国は死なせようとするのか？　その疑問の答えが、見つからないまま、せめて、自分と同じ思いの有間皇子の絵を残して、沖縄に行ったのかもしれません」

2

「今の長谷見明さんの話は、大変興味深く、聞きました」

と、司会役の畠山教授が、いった。

「証拠はありませんが、東条首相の暗殺計画については、今後も広く調べる必要がある。もし、それが、解明されたら、もう一度、同じメンバーで、座談会を開きたいと思いますね」

東条首相暗殺計画は、日本の新聞には、すぐには載らなかった。

「日本の新聞には、一行も、載りませんでしたが、計画が漏れて、六人が、憲兵隊によって逮捕された二日後には、アメリカ、イギリス、或《あ》いは、中立国スイスなどの新聞が、報道しているのです」

と、現代史の鵜原教授が、いった。

「それは、日本の誰かが、ひそかに、外に向って発信したということですか？」

司会の畠山が、きく。

「個人名は、特定できませんが、この頃になると、東条首相では、もう駄目だという声が、起きています。内相の木戸幸一《きどこういち》や、元駐英大使の吉田茂などですが、軍人の中にも、反東条の空気がありました。もともと、日本陸軍には、創設の時から皇道派と統制派の二大派閥があって、それは、終戦まで続いています。東条は、統制派ですから、従って、反東条の声は、皇道派の軍人の中から起きています。こうした人々に対して、東条首相は、得意の憲兵組織を使って、次々に弾圧していきました。吉田茂は、憲兵によって、逮捕拘束されましたし、軍人は、現役から予備役に廻されたり、地方に飛ばされています。それに対抗して、ひそかに、東条暗殺計画のあったことを、アメリカ、イギリス、スイスなどに、知らせていた人間が、いたんだと思いますね。何としても、東条首相を失脚させたいという空気があったということです」

「私の父は、その頃、日本の暗号通信を傍受《ぼうじゅ》する仕事に、従事していました」

と、日系三世のテリー・アオヤマだった。

「一九四三年の冬に傍受した暗号通信の中に、東条首相に対する暗殺計画が、日本であったことが、入っていたと、いっていました。それは、上海に駐留している師団長から、東京の参謀本部に対して、首相の暗殺計画があったというが、事実かという問い合せで、それに対して、参謀本部は、その計画は未然に防がれ、犯人は逮捕されたから安心せよと、答えていたそうです。父は、それを解読して報告し、二日後に、アメリカの新聞に載ったと、いっていました」

「この事件のあと、憲兵隊による弾圧は、厳しくなってきます」

「しかし、憲兵隊というのは、もともと、軍隊内の犯罪を取締るのが、仕事でしょう？　それが、どうして、政治問題や、国民の生活にまで、口を出すようになったんですか？」

　編集長が、口を挟んだ。

「憲兵というのは、特別な組織なので、説明が難しいんですよ」

と、佐々木が、いった。彼は第二次世界大戦の研究家だが、日本陸軍の憲兵隊の場合、戦争が始まると、目的が変ってしまったという。

　編集長は、明に向って、

「君は、日本の憲兵について調べたか？」

「一応、関係のある本は、読みました」

「じゃあ、上手く説明できるな？」

「自信はありませんが、一応、概略は書いてきましたので、それを読んで、間違いがあれば、訂正して下さい」

　明は、プリントしたものを畠山に渡し、必要があれば、座談会の参考資料として、付け加えることになった。

〈憲兵は、日本に正式に軍隊組織が生まれた時に、歩兵、工兵、砲兵と同じく、兵種の一つとして生まれた。陸海軍に、それぞれ、憲兵がいる。

憲兵の任務は、陸海軍の警察業務と規定されている。日本内地で働く者を勅令憲兵、海外の占領地で服務する者は、軍令憲兵と呼ばれる。

陸軍の勅令憲兵は、陸軍大臣の下に、憲兵司令官を置き、全国の憲兵隊を管轄する。したがって、全国各地の軍隊の指揮官とは、対等である。

軍令憲兵の場合は、占領地における最高指揮官の下に、憲兵隊長、または、憲兵隊司令官を置き、全ての憲兵を管轄する。

憲兵は、一般の将校、または下士官から、希望者を募り、一定期間の教育を受けさせたあと、憲兵隊に配属する。

憲兵は法律にも詳しく、捜査能力も高いが、職務上、どうしても、人を疑ってかかることがあり、そのため、戦前、戦中にかけて、迷惑を被った人が少くない。つまり、憲兵は、陸海軍の軍規、軍律を維持するために必要だが、政治的に利用されると、両刃の剣になってしまう。

憲兵が、本来の職務権限を逸脱し、政治的な活動に力を入れ始めたのは、昭和六年十二月、荒木貞夫《あらきさだお》中将が、陸軍大臣に就任した以後のことである。その時の憲兵司令官秦真次《はたしんじ》中将と東京の憲兵隊長持永浅治《もちながあさじ》大佐の二人が、陸軍の二大派閥のうちの皇道派だったため、もう一つの派閥、統制派の軍人や政党人の行動を監視し、もし、皇道派に不利になる行動をとれば、相手を憲兵隊に拘束、威嚇《いかく》し、逆に、皇道派の青年将校が、軍律を乱しても、わざと見過ごしたり、逆に激励したりした。

東条英機中将が、昭和十五年七月、第二次近衛《このえ》内閣の陸軍大臣になるや、かつて、関東軍憲兵隊司令官時代に覚えた憲兵の味が忘れられず、手足のように使い、そのため、憲兵隊は、秘密警察になり、政治的に利用されるようになってしまった。更に、東条英機は、総理大臣になると、陸軍大臣も兼ねてしまったので、憲兵は兵務局に属するのに、直接、憲兵隊に命令し、密かに報告を求めるなど、権限の乱用が激しかった。昭和十九年七月に、東条内閣が倒れるまでの四年間、政治的な問題が起きると、憲兵を利用して、政敵を倒した。また、陸軍の政策を批判する者や、戦争の前途に疑問を持った者などがいると、たちまち憲兵に逮捕され、尋問され、突然、召集されたりした。陸軍の軍隊内の者は、僻地《へきち》に転任されたりで、その被害者は、数千名に、及んだといわれている〉

しかし、こうした東条首相の憲兵を使った弾圧にも拘《かかわ》らず、人心は、離れていき、東条首相を、引きずり下そうとする運動が、次々に生まれていった。

東条内閣に対する倒閣運動が起きると、東条首相は、首相、陸軍大臣以外に、参謀総長の肩書きも手に入れて、対抗した。

東条内閣の命取りになったのは、サイパン、テニヤンの陥落だった。

この二つの島が、アメリカ軍の手に落ちると、そこに飛行場が造られ、B29と呼ばれる新型の重爆撃機の基地になり、日本本土が、爆撃圏内に入ってしまう。それを心配した人々が、東条首相に、大丈夫か、ときくと、東条首相は、胸を張って、絶対に大丈夫だ、サイパン、テニヤンが陥落することはあり得ないと、見得を切ったのだが、アメリカ軍が上陸を開始するや、わずか一ヵ月で、サイパン、テニヤンは、陥落してしまったのである。

こうなると、それまで粘ってきた東条内閣も、とうとう、総辞職をせざるを得なくなった。

ここまでで、第二回の座談会は、終了した。

明が、自宅マンションに帰ると、十津川警部と、亀井刑事の二人が、待っていた。

明は、過去の戦争の世界から、現実に引き戻された。

二人の刑事を、部屋に招じ入れて、コーヒーを淹《い》れる。

「そんなことはしないでください」

十津川が、いう。明は、笑って、

「いや、僕が、コーヒーを飲みたいんですよ」

「今日は、どこに、行っていらっしゃったのですか？　出版社のほうに電話をしても、どなたも、お出にならなかった」

「今日、例の座談会があったんですよ。太平洋戦争についての座談会です。新橋の料亭で行われたので、そっちに行っていました」

明は、そういいながら、コーヒーを二人の刑事に勧め、自分もブラックのまま、口に運んだ。

「先日、お話しされていた、座談会ですね？」

「ええ、そうです」

「その座談会に、関係があるかもしれませんが、私どもは、渡辺浩さんが殺された事件を、追っています」

「知っています。犯人の目星はついたのですか？」

「残念ながら、ついていません。個人的な怨恨《えんこん》や、あるいは、金銭面が殺人の動機になっているのではないかと、渡辺さんの交友関係を中心に、いろいろと、調べているのですが、どちらも空振りでした」

「殺人の動機では、なかったということですか？」

「ええ、そうです」

「そうなると、警察は、殺人の動機は、何だと考えているのですか？」

明が、きいた。

「個人的な怨恨、あるいは金銭面のもつれではないので、もう少し、大きな理由で、渡辺浩さんが、殺されたのではないかと、考えるようになりました」

「もっと大きな理由ですか？」

「そうです」

「どういうことでしょうか？」

「分かりませんか？」

「ええ、分かりませんね。僕は、渡辺さんの書いた本は、読んでいますけど、彼の経歴や、性格などは、全く分かっていませんから」

「今、あなたが、いったように、渡辺さんは、太平洋戦争についての本を、何冊も出していますす。そのほか、現代の公害問題、政治問題などについての著作もあります。そうした本について、これは、違うと考える人間か、あるいは、グループがいて、渡辺浩さんの殺害に、至ったのではないかと、われわれは、考えるようになっているんです」

「つまり、公憤ですか？」

「まあ、公憤といえば、確かに、ある種の公憤ですね。だから、犯人は、自分の行為は私憤ではない、公の怒りだと、考えているのかもしれません」

「何となく、難しいことに、なりそうですね」

「それで、あなたに話を聞きたい。そう思って、お伺いしたのですよ」

と、十津川が、いった。

第六章　日記

1

昭和十八年（一九四三年）にあった東条首相暗殺計画の、メンバー八人のうち、二人は戦後になっても、氏名が分からずにいる。不明の理由は、皇族だったからではないかと、明は、座談会の席上で、いったが、それは確信があってのことではない。殺された渡辺浩は、その直前、明に向って、問題の二人のうち、一人の関係者を見つけた。その人間に会えば、何か分かるかもしれないと、興奮した口調で、いっていた。

しかし、その渡辺浩は、何者かに殺されてしまった。

明は、そのことを、十津川警部には、まだ話していなかった。別に警察が嫌いなわけではないし、警察の捜査に、協力したくないわけでもない。

ただ、これまで、有間皇子のこと、若き天才画家と、いわれながらも、二十五歳で召集されて、死んでしまった祖父、長谷見伸幸のことを考えると、まず、自分の力で、全てを明らかにしたかったのだ。

一ヵ月後、明の出席した座談会の模様が、雑誌に掲載された。その記事を読んだ人の中に、東条首相暗殺計画に参加した、八人の関係者がいれば、何か、連絡をしてくるのではないかと、明は、期待した。

しかし、二日経ち、三日経っても、電話も手紙もなく、明の携帯に、メールが入ってくることもなかった。

一週間後、明のところに、小荷物が届いた。差出人の名前はない。中に入っていたのは、二冊の古い日記帳だった。二冊とも、曾祖父、長谷見裕太郎の日記である。

日記帳には、便箋《びんせん》が添えられていて、それには、次の文字があった。

「あなたの御曾祖父上が、亡くなる寸前、私に、この二冊の日記帳を、託されました。それには手紙が添えられていて、『もし、私の書いたものが、あなたの役に立つのならば、遠慮なく、お使いください』とありました。
この二冊の日記帳を、読むことによって、私の名誉は、ある程度、回復されました。お礼を、申し上げるとともに、日記を、正式な持ち主である、あなたに、お返しいたします。

立花健一郎《たちばなけんいちろう》こと荘舜英《そうしゅんえい》」

「これは、私の父が書いた手紙ですが、日記をお返しする前に、亡くなってしまいました。

立花健介《けんすけ》こと荘学心《がくしん》」

手紙の署名が、荘学心とあるからには、おそらく、日本人ではないだろう。韓国人か、あるいは中国人か？　どちらにしても、どういう人間なのか、明には、見当がつかなかった。
曾祖父の長谷見裕太郎が亡くなったのは、昭和三十年八月七日である。この手紙を信じるのならば、その直前に、長谷見裕太郎は、自分の日記を、荘舜英（日本名立花健一郎）という人間に渡したことになる。
その時、長谷見裕太郎は、荘舜英に対し、日記とともに、

「もし、私の書いたものが、あなたの役に立つのならば、遠慮なく、お使いください」

という手紙を添えたという。

それがどんなことなのか、もちろん、明には、分からない。多分、この二冊の日記を、全部読めば、その理由も分かってくるだろう。

そう思うと、明は、その日、出版社に出勤することも忘れて、一日中、曾祖父の書いた日記を読むことに、没頭した。

一冊目の日記は、昭和十七年四月十六日から、始まっていた。

昭和十六年十二月八日の、ハワイ・真珠湾の奇襲で始まった太平洋戦争の、開始とともに、アメリカに、領事として赴任していた曾祖父の裕太郎は、アメリカ政府によって、逮捕、抑留されてしまい、翌十七年の四月十五日に交換船で、帰国した。

その翌日から、日記は、書き出されている。一冊目の日記は、昭和十八年十二月十日で、終わっていた。

この日は、曾祖父が、加わっていた東条首相暗殺計画のメンバーが、陸軍憲兵隊によって逮捕連行された、まさに、その日である。

それから、四ヵ月の間、裕太郎は拘留されることになるのだが、その間は、日記を、書くことは、できなかったのだろう。

二冊目の日記のほうは、釈放された昭和十九年四月一日から始まり、亡くなる前々日、昭和三十年八月五日で終わっている。十年以上にわたる日記である。

「昭和十七年（一九四二年）四月十六日。

昨日、交換船にて帰国。

私は、外務省に辞職願を、提出した。

その理由は二つある。

一つは、私は、大東亜戦争を避けるべく、そのために、日本領事として、アメリカにいた。しかし、結果的に、戦争は開始され、私は、その点、領事としての力不足を、感じざるを得なかったことである。

第二の理由は、帰国して、改めて、日本の世相に触れた時、どうしようもない違和感が、私を襲ったからである。

今回の戦争では、必ず日本が負ける。勝つことはあり得ない。しかし、唯一、誇り得ることがあるとすれば、それは、この戦争が、アジアの解放に、結びつくということである。

その点、この戦争は、アメリカ、イギリス、オランダとの、思想戦なのだ。軍事的には、日本は、敗北する。しかし、思想戦には、勝たなければならない。帰国して、接した人たちは、誰も、このことを分かってくれない。そのことに、私は、失望したのである。

だから、私は、外務省を辞め、戦前から、両親がやっていた鎌倉の『料亭さくら』の仕事に就くことにする。父親は、すでに亡くなっていて、今は、母が一人で『料亭さくら』を守っている。

私が、父の跡を継ぐというと、母は、喜んでくれた。

私の息子、二十四歳の、長谷見伸幸だが、生まれつきの身障者で、そのため、二十四歳になっていても、兵役を免れ、好きな絵を描き続けている。その伸幸にいわせると、私は、役人よりも、料亭の主人のほうが似合っているらしい」

「昭和十七年四月二十五日。

私が『料亭さくら』の主人になってから、今日で、十日が経つ。仕事にも、少し慣れた。

『料亭さくら』というのは、面白い店である。大東亜戦争は、二年目を迎え、贅沢《ぜいたく》は敵だといった標語が巷《ちまた》には溢《あふ》れて、人々は、物不足に喘《あえ》いでいるというのに、『料亭さくら』だけは、なぜか、贅沢品が、容易に、手に入るのである。

母にいわせれば、昔からの、特別なルートがあるのだという。戦前は、もちろん、今もそうだが、『料亭さくら』の客は、政界の要人だったり、財界の有力者だったり、あるいは、陸海軍の高級将校だったりするため、母のいうように、彼らに供するための上等な牛肉や、高級魚や新鮮な野菜、それに、旨《うま》い米などが、手に入るらしい。

今日までの十日間にも、大蔵大臣や軍需工場の社長、あるいは、海軍陸軍の高級将校たちが、一人で食事に来ることもあれば、グループでやって来ることもある。

ここではお客が、声高に、政府を批判したり、軍の秘密に関するようなことまで、平気で話している。そうした話題は、結構面白いのだが、私が、いちばん不満に思うことは、今回の戦争を、大東亜戦争と名づけながら、食事や酒や、あるいは、宴会の席で、アジアの解放ということが、政治家、実業家、あるいは、軍人の口から、ほとんど出ないことだった。

今のところ、勝ち戦ばかりなので、将校たちも、威勢がいい。士官学校を、出たばかりの若い将校などは、酒を飲むと、このまま、アメリカ本土まで進軍し、ワシントンで、アメリカ大統領に降伏文書を突きつけ、サインさせてやる。これが、城下の誓いだと、気勢を上げていた」

「昭和十七年五月二十日。

私のところに、新聞が、送られてきた。

私が、領事としてアメリカに、滞在していた時、アメリカ政府に抑留されたが、その時、司法省の役人に尋問されて、答えた言葉、それを大見出しで使っていた。

どうやら、私は一躍、英雄になってしまったらしい」

「昭和十七年六月一日。

放送局が、私の勇ましい言葉を、聞きに来るという。それを録音して、戦意高揚のために放送するつもりだろう。

しかし、私は、マイクを向けられたら、新聞に、載せられている勇ましい言葉の次に、ある言葉を、いってやろうと思っている。おそらく、その言葉は、放送されないだろう。

だが、いいたいことは、きちんというつもりだ。それが、私の責任だからである。

しかし、夜になっても、放送局の職員は、現れなかった」

「昭和十七年六月九日。

今日も、放送局からは、何の、連絡もない。ラジオ放送は、勇ましい軍艦マーチとともに、日本陸軍が、アッツ島に上陸、占領したと、報じている。

また、海軍は、潜水艦によってシドニーを砲撃したとも伝えている。

しかし、私に、話を聞きに来る予定の放送局員は、とうとう現れなかった。

地図を見ると、アッツ島は、北太平洋上にある小さな島である。それを占領して、どれだけの価値が、あるのだろうか？　その点が、私には分からない。

また、潜水艦でシドニーを砲撃したとしても、別に上陸するわけではない。

どうもこの二つの報道は、それまでの大戦果の報道に比べると、やたらに小さくて不可解である」


「昭和十七年六月十三日。

午後、元駐英大使で、外務省の先輩でもある吉田茂氏が、私の店に食事に来たが、食事の途中に私を呼んで、

『君はアメリカにいたから、アメリカの国力とか、国民の戦意とかについては、よく

知っているだろう？　それで聞きたいのだが、今度の戦争は、日本が、勝てると思うかね？』

と、いきなり、聞いた。

『残念ながら、日本が勝つことは、まず不可能だと思います』

と、私は、正直に、いった。

『やはり、君もそう思うか？　それなら、君も、アメリカ、イギリス、オランダ、支那と早急に、和平を結んだほうがいいという意見には、賛成だな？』

『そうですね、勝っている時こそ、和平の時だと、私も思いますが』

と、いうと、吉田氏は、

『君は知らないのか？』

『何をですか？』

私が、聞くと、吉田氏は、

『六月五日から三日間、日本海軍は、ミッドウェイ島沖合で、アメリカ艦隊と激しい戦闘をした。その結果、日本海軍は今回、不幸にして、航空戦隊が、壊滅的な打撃を受けた。私が聞いたところでは、日本海軍の、主力航空母艦四隻が沈没して、多くのベテランの操縦士が、戦死している。これがどういうことか、分かるかね？』

と、いう。もちろん私にも、よく分かる。わが国の工業力からすると、今回の大損害を、回復するには時間がかかる。

それに対して、アメリカは、あの巨大な工業力から見て、短時間のうちに、日本の艦隊を凌駕《りょうが》する航空母艦、飛行機を造ってしまうだろう。

吉田氏は、語気を強めて、今こそ戦争をやめるべき時だといい、近いうちに近衛さんに、自分の考えを伝えるつもりだといった。

『具体的に、いったい、どうされるおつもりですか?』

私が、聞くと、吉田氏は、こう答えた。

『まず、近衛さんに、スイスのような、中立国に行ってもらう。そこで、アメリカやイギリスなどが、どのような条件ならば、和平に応じるかを調べてもらうのだ。それが分かれば、和平を結ぶことも可能だと信じている』

『吉田さん自身は大丈夫ですか?』

私は、心配になった。

東条首相が、指揮をする陸軍憲兵隊が、戦争反対や和平を口にする人々を、容赦なく、次々に、拘束していると聞いていたからである。

吉田茂氏の話で、約束していた放送局が、私のところに、話を聞きに来なかった理由が、分かったような気がした。私の話を聞くよりも、もっと大きな出来事が、起きてしまったのだ。

軍部、特に、海軍は、ミッドウェイ沖の海戦で、大敗北を喫したというようなことは、新聞にも、発表できないし、ラジオで、放送もできないだろう。

もう一つ、納得したことがある。

それは、ラジオや新聞が、アッツ島占領とか、潜水艦がシドニーを砲撃したといった小さなニュースを、ここに来て、報道した理由だった。ミッドウェイ海戦の大きな敗北を隠すために、小さな戦果を発表しているに違いない」

「昭和十七年七月三十日。

アル、ケイ、タニンバルの諸島を攻略。

この新聞報道を見て、私は、やはりミッドウェイ海戦の敗北は、真実なのだと思った。

小さな島々を占領して、どれだけの価値があるのか、分からないような、そんな戦果を、毎日のように発表するのは、誰が見ても、大きな敗北を隠すためとしか思えない」

「昭和十七年九月一日。

浅井外務大臣が、東条内閣を去った。

このニュースのほうが、私には重要だった。なぜなら、浅井外相は、大東亜省の設置問題について、以前から東条首相と、衝突していたからだった。

大東亜省がわざわざ、設置されるのは、日本政府がアジアのことを、重視しているからと、新聞には、発表されている。

今回の戦争が開始された時、私が予感したように、アジアの解放を謳いながら、日本が必要としている石油、鉄、ゴム、アルミニウム、ニッケルなどを産出するインドネシアなどには独立を認めず、そうした軍事物資を産出しないフィリピンやビルマなどには、独立を認める。

そうしたあざとい戦略を隠すために、もっともらしく、大東亜省を設置するとしか、私には思えなかったのだ」

「昭和十七年十二月十二日。

このところ、立て続けに、海戦の報道が続いている。

五月七日、珊瑚海《さんごかい》海戦。

八月八日、第一次ソロモン海戦。

八月二十四日、第二次ソロモン海戦。

十月十一日、サボ島沖海戦。

十月二十六日、南太平洋海戦。

十一月十二日、第三次ソロモン海戦。

十一月三十日、ルンガ沖海戦。

先に、ミッドウェイ海戦で、日本海軍は、大損害を被ったと伝えられている。

その後、太平洋では、立て続けに、海軍同士の戦いが、繰り返されているのである。

そのたびに、新聞やラジオは、日本海軍の戦果を大々的に発表しているが、私には、とても信じられない。

なぜなら、日本海軍の主力航空母艦四隻を失い、多数のパイロットを、失っているのである。そうした弱体化した日本海軍が、次々に西太平洋の海戦で、アメリカに対して報道されているような大戦果を収めたとは、とても思えないのである。

それを裏書きするように、十一月十五日、これからイギリスに行くという情報担当の海軍中佐は、こんな話を、私にしてくれた。

『現在、ガダルカナル島をめぐって、日米の陸上部隊が、激戦を戦わせている。そこで、応援部隊を送るために、大型の補給船団に兵士を乗せてガダルカナルに向わせたが、その途中、アメリカ空軍の攻撃によって、大型補給船十一隻を撃沈されてしまった』と」

「昭和十八年二月九日。

大本営の発表として、ガダルカナルで戦っていた日本陸軍は、当初の戦果を収めたので、転進するという。

転進というが、これは誰が見ても、ガダルカナルの戦闘で、敗北を喫して、撤退したとしか思えない」

「昭和十八年四月三日。

突然、東条首相が、安藤《あんどう》秘書官を連れて、『料亭さくら』にやって来た。放送局員が同行している。

ここに来て戦局が、日本に不利になっているので、冷静沈着といわれる東条首相の顔色も、苛立《いらだ》っているように見えた。

安藤秘書官が、東条首相の食事の席に、挨拶《あいさつ》に来るようにと、私に、いった。

私が顔を出すと、東条首相は、いきなり私に向って、

『この『料亭さくら』で、政府の高官や高級将校、あるいは実業家の大物たちが、毎日のように、集まっては、反政府的な陰謀を企んでいるというウワサを聞いたのだが、まさか、そんなバカなことは、していないだろうね？』

と、きく。

『そんなことはないと思いますよ』

と、私が、答えると、東条首相は、

『しかし、そういう、ウワサがあるのは、事実なのだ。先日も、元イギリス大使の吉田茂君がここに来て、君と和平工作について、いろいろと、親しく話し合ったのではないのかね？』

『吉田さんは、外務省の先輩ですから、吉田さんがここに来て、食事をしたり、私と話をしたりしても、別に、おかしくないのではありませんか？』

『しかし、吉田茂君は、有志を集めて、戦争反対の声を、挙げているということで、憲兵隊が、昨日、彼を逮捕した』

『本当ですか？』

『君は、どうなのかね？　吉田茂君の考えに、賛成かね？』

そんな会話のあと、東条首相に同行してきた放送局の局員が、突然、私に、

『東条首相と、あなたとの対談を録音したいので、できれば、個室を用意していただけませんか？』

と、切り出した。

二階にある個室を、提供し、そこで、私と東条首相との話が、録音されることになった。

東条首相が、私との会話を録音して、放送したいと思った理由は、極めて簡単である。戦局が日々不利になっていき、東条首相の人気も、落ちてきているからだ。私との対談で、その人気を回復したいのだろう。

東条首相は、いぜん新聞に載った、私の話を信じているのだ。

東条首相について、私は、さまざまな噂を聞いていた。

陸軍士官学校を優秀な成績で卒業し、事務的な才能に優れ、部下思いである。

その一方、独善的で、嫉妬《しっと》深く、陸軍士官学校の後輩の、石原莞爾中将に対して、嫉妬心に燃えて、現役から、予備役に回してしまった。

関東軍の憲兵隊司令官だった頃、憲兵を使って、ライバルを、次々に排除していっ

た。その楽しさが、忘れられないのか、首相になった今も、憲兵隊を使って、今回の戦争に反対する者や、和平を願う者を、次々に拘束しているということも聞いていた。

しかし、私は別に、東条首相を怖いとは、思わなかった。

彼の生き方には、賛成できないが、私に弱みがあるのと同じように、東条首相にも、弱みがある。

その一つが、少しでも、人気を挽回《ばんかい》しようとして、私に会おうとしていること。これは明らかに、東条首相の弱みである。

放送局のアナウンサーが、司会を務めることになった。

『東条首相は、いぜんあなたのことを報じた新聞記事を、ことのほか、気に入られて、ぜひ、長谷見裕太郎に会いたい。会って話がしたい。そうおっしゃられたので、この席を設けました。まず、東条首相から、あなたにお話があります』

と、アナウンサーが、いい、東条首相は、ポケットから、例の新聞記事を、取り出して、

『私は、この新聞を読んで、大変、深い感銘を受けた。現在の戦局は、わが国にとって、確かに、不利ではあるが、強固な戦意と、愛国心があれば、皇国日本は、必ず勝利する。負けるわけがない。そのために、君のような、素晴らしい愛国心を持った人

間が、ぜひとも必要である。私は、あなたの話を聞き、それを全ての家庭に伝えたいと、思っている。この番組は、新しく作ったものでね、首相より茶の間の皆さんへという、そういう題がついている。君がアメリカで、抑留されていた時に、向うの司法省の役人に話したことを、もう一度、しゃべってほしいのだ』

『私は、今回の戦争を始めた時、ワシントンに領事として赴任していて、拘束されました。そして、アメリカの、司法省の役人から尋問されることに、なりました。その時の問答の一部が、今、首相が示された新聞に載っているのです』

私が、いうと、東条首相は、

『そうだ、それだ。それを、詳しく、話してもらいたい。国民の一人一人に、その話を伝えたいんだよ』

『私は、司法省の役人から、まず、こう聞かれました。君は日本人として、今回の戦争をどう思っているのか？　私は、こう答えました。これは紛れもなく、アジア解放のための戦争である。古き植民地主義と、解放思想との思想戦争、つまり、思想と思想の戦いである。私は、そう答えました』

『その通りだ。君のいう通り、今回の大東亜戦争は、欧米の植民地支配から、アジアの人々を解放するための戦いである。したがって、勝利は、間違いなく、われらの、手にある。最近、すっかり弱気になってしまった政府の要人たちは、そのことを、忘れてしまっているんだ。今、君の話を聞けば、大いに勇気づけられるだろう』

『東条首相、実は、新聞には、掲載されませんでしたが、アメリカの司法省の次の質問もあるんですよ。それについて、これから、お話ししたい』

　私がいうと、

『ぜひ、その続きを、話してくれたまえ』

と、東条首相が、いった。

たぶん、これから話すことで、東条首相のご機嫌は、斜めになるだろう。

しかし、私は、どうしても、本当のことを話したかった。

『アメリカの司法省の役人は、私が、最初の質問に答えると、それでは、君は、当然今回の戦争で日本が勝つと思っているのだろうねと聞きました。それで、私は答えました。どう考えても、日本が、アメリカに勝てるわけがない。しかし、思想の戦い、思想戦は、単なる勝敗とは関係がない。日本は間違いなく、アメリカに負けるだろう。その上、日本は、貧しい国なので、アジアを解放しても、与えるものが、何もない。いや、与えるものが、ないどころか、アジアの諸国から石油、鉄、ニッケル、ゴム、アルミニウムなど、戦争に必要な物資を次々に、奪い取っていくだろう。そうしなければ、日本は、戦争ができないからだ。そうなれば、間違いなく、アジアの人々は、日本に対して、敵意を持つようになる。最初の感謝は、憎しみに変わるだろう。これはもう、最初から、決まっていることなので、仕方がない。そして、日本は、アメリカに負ける。しかし、アジアの解放という思想は、ずっと生き続けるのだ。戦争の一時的な勝敗は、関係なくなる。おそらく、アジアの解放、戦争からの解放は、持てる大国アメリカによって、達成されるだろう。私は、そう答えたのです』

私は、しゃべりながら、東条首相の顔が、次第に、険しくなっていくのを感じた。私の今の言葉を聞けば、東条首相でなくとも、険しくなるのが、当然なのだ。

『中止だ！』

突然、東条首相が、大きな声で叫んだ。

その顔は、怒りに満ちていた。

アナウンサーは、オロオロしてしまっている。

『君は、酔っているのか？』

東条首相が、いい、私は、

『いえ、酔ってなどいませんよ。ただ、信じていることを、そのまま、お話ししただけです』

と、いった。

『最初の、アジア解放の戦いという言葉と、後半の敗北主義と、どう繋がるのかね？』

『私は、今回の戦争が、思想戦争であることを、固く信じています。この戦争が、いつかアジアの解放に繋がる。そのことを、確信していますが、残念ながら、戦争には負けます。これは現実です。しかし、戦いに負けることは、私は別に、心配していないのです。今回の戦争に勝とうが負けようが、アジアは、必ず、解放されるからです。そのための道を開いたのですから、日本が負けたとしても、構わないでは、ありませんか』

私が、いうと、東条首相は、ますます、不機嫌になり、

『バカなことをいうな！　君の考えは、危険思想だ！』

大声で怒鳴《どな》ると、東条首相はサッと立ち上がり、秘書官を連れて帰ってしまった。

後に残された、放送局のアナウンサーが、私に、いった。

『これは、ちょっと、まずいですよ。あんなことをしゃべったら、東条首相が、お怒りになるのは当然です。首相の手帳には、あなたが、危険思想の持ち主、反戦主義者だと、書き込まれて、いつ、あなたが、憲兵隊によって逮捕されても、仕方がなくなって、しまいましたよ』

アナウンサーは、青い顔で、帰っていった。

結局、東条首相と私の会話の最初の部分だけが、放送されることに、なるらしい」

「昭和十八年四月五日。

今日、臨時の、大東亜会議が開かれた。

わが国と親交を持つ、アジアの諸国、支那代表、満州代表、ビルマ代表、フィリピン代表、それらの人々が一堂に集まり、東条首相が歓迎の意を示した後、共同宣言が発表されるという」

「昭和十八年四月八日。

今日、私の尊敬する元外務大臣、浅井清氏から、一人の支那人を紹介された。

大東亜会議のために、来日している支那代表、汪精衛《おうせいえい》行政院長の秘書、荘舜英だが、正式に、紹介された名前は、立花健一郎という日本名だった。

汪精衛の秘書兼通訳を、やっているというだけあって、立花の日本語は、日本人以上に、きれいである。

浅井さんは、私に、こういった。

『この立花健一郎君は、しばらく日本で仕事をしたいと、いっている。それで、君のところに置いてもらいたいのだ』

浅井さんの言葉で、私は、今、目の前にいる日本名、立花健一郎という男が、今回の戦争の中で、少しばかり危険な存在になっているのではないかと思った。そうでなければ、私が別に、匿《かくま》う必要などないのだ。

彼は、私に向って、いった。

『私は、正直にいいますよ。東条首相の主催する、大東亜会議は、全く信用できません。確かに、発表された共同宣言は、素晴らしいものですよ。大東亜の安定と平和を、念じると、共同宣言には、書いてあるのです。しかし、日本軍は、わが国の国土を蹂《じゅう》躙《りん》し、国民を殺している。アジアの解放を、謳うのであれば、なぜ戦争を止めようとしないのですか？　それに、東条首相は、ことあるごとに、必勝の信念があれば、日本は、この戦争に勝つと、いわれるが、私が冷静に見て、日本が、この戦争に勝つとは、どうしても思えないのです。日本軍は、わが国との戦争でも、苦戦しているじゃないですか？　その上、私の国よりも、強大なアメリカとも戦って、勝てるはずなどありません。もし、日本が戦争に負ければ、私も汪先生も、間違いなく、国家を裏切ったとして、処刑されます。処刑されるのは、怖くありません。しかし、何とかしなければと思って、汪先生には黙って、抜け出してきてしまいました。あなたも、今回の戦争で日本が勝てるとは、思っていらっしゃらないのでしょう?』

立花健一郎は、私と浅井さんの顔を見ながら、きくのだ。その顔は、真剣だった。

浅井さんが、私を指さして、立花に、いった。

『この男は、この戦争が始まった時から、ずっと、日本は、アメリカに負ける。しかし、アジアは、解放されると、いい続けているんですよ。そのために、東条首相に、睨まれてしまっていますがね』

私は、立花健一郎に、私のやっている『料亭さくら』で、働くことを勧めた。

『気が向けば、働けばいいし、気が向かなければ、奥に、引っこんでいてもいいですよ。ここには、政府の要人や、陸軍海軍の、高級将校、あるいは、実業家も食事のためにやって来て、新聞には出ないような情報を得ることができます。それが、たぶんあなたの参考になるでしょう』

私は、そういった」

「昭和十八年四月十三日。

臨時大東亜会議に出席した各国の首脳が、それぞれの国に、帰っていったとの新聞記事が、掲載された。支那代表の汪精衛院長も、南京に帰っていった。

その記事の横に、小さく、汪院長の随行員の中に一人、行方不明者が出て、現在、警察が、その行方を捜しているとあった。もちろん、これは、立花健一郎こと、荘舜英のことである。

今日、海軍兵学校副校長の、三田村少将が、舞鶴《まいづる》鎮守府の宮本《みやもと》少将と二人で、私の店にやって来た。三田村少将も、宮本少将も、ともに井上成美《いのうえしげよし》中将の部下である。

井上成美は、米内光政《よないみつまさ》、山本五十六と、三人で、アメリカとの戦争に、強硬に反対したことで、知られている。

そのため、東条首相から、米内光政は、予備役に回され、井上成美は現在、海軍兵学校の校長をやっている。

山本五十六は戦死。

今ももちろん、井上成美は、この戦争に反対しているし、今日、食事に来た二人の少将も、この戦争には、反対だった。

私は、二人の少将に、立花健一郎を、紹介した。

『この人は、立花健一郎さん、本名を、荘舜英さんといって、今度の戦争を、一刻も早く止めさせたいと、考えている人です。今も自分の国の多くの人々が、日本軍によって、殺されていることを憂え、自分の手で、この戦争を止めさせたいと、願っています。それに、この人は、汪精衛院長の下で、秘書官をやっていますから、このまま、日本が敗北すると、汪院長もこの人も、処刑されてしまいます。ですから、そうならないように、戦争を終わらせることができないかと、そう苦心しているんですよ。お二人も、この戦争は、一刻も早く、和平に、持っていくべきだとお考えのようですから、何とか、この人の力に、なっていただけませんか？　お願いします』

私が、いうと、三田村少将が、

『私は、井上さんと、話すたびに、今回の戦争は、あまりにも無謀なものだった。勝てるはずのない戦争に、突入してしまった。このままいけば、日本全土は、焦土《しょうど》と化してしまうだろう。そういう話ばかりしているんですよ』

と、いう。

『どうやって、和平に持っていこうと、思っていらっしゃるんですか？』

と、私は、きいた。

『私たち二人と、井上さんは、よく米内さんと会って、話をするんですよ。東条首相は、遠からず、この戦争の責任を取って、首相を辞めるだろう。そうなった時には、みんなで米内さんを、首相にしようではないか。そうしておいて、和平に持っていく。

アメリカやイギリスと、これ以上戦えば、ますます、傷が大きくなるばかりですからね。何とかして、米内さんに、和平に持っていってもらいたいのです』

と、宮本少将が、いう。

その時、黙って二人の話を聞いていた立花健一郎が、

『それで、アメリカとの戦争を、止めたいというのは、分かりますが、私の国、支那との戦争は、いったい、どうするつもりですか？』

と、きいた。

三田村少将は、ビックリしたような顔になって、

『もちろん、支那との戦争も、終わりにしますよ』

と、いい、宮本少将も、

『天皇陛下もわれわれ軍人も、甘んじて敗北を受けとめようと思っている』

『しかし、このまま、日本が敗北したら、日本が作った南京政府の代表の汪精衛先生は、どうなるんですか？　裏切り者として、処刑されてしまいますよ。それで、平気なんですか？』

立花健一郎に、嚙みつかれて、二人は、たじろいでしまった。

宮本少将が、

『われわれ海軍は、アメリカとの戦争だけをやっていたからね。申し訳ないが、支那のことは、想定外なんだ』

と、いうと、立花健一郎は、顔を真っ赤にして、

『いや、そんなことはないでしょう。日本海軍の陸戦隊が、上海事変を引き起こしたんでしょう？　それに、日本海軍の第五艦隊本部が、上海に置かれて、海軍の爆撃機が、連日のように、重慶《じゅうけい》を爆撃したじゃありませんか？　その指揮を執ったのは、お二人が、尊敬している井上成美さん、当時、第五艦隊の参謀だった人ですよ』

『そうだったかね。迂闊《うかつ》にも忘れていた。申し訳ない』

三田村少将は、素直に謝ったが、立花健一郎のほうは、それでは収まらないという顔で、

『日本海軍の爆撃機が、重慶を爆撃しました。最初は、軍事施設だけを、狙って爆撃したのですが、なかなか、成果が上がらない。そこで、焼夷弾《しょういだん》を使って、重慶を無差別爆撃することが計画されたんですよ。日本の飛行機が、初めて、焼夷弾を使ったんです。重慶は、火の海に包まれ、数千人の死傷者が出ました』

『そういうことは、井上さんには、聞いていない』

三田村が、いった。

『陸軍の将校さんも、海軍の将校さんも、みんな、アメリカや、ソビエトのことを、盛んに口にしますね。アメリカ軍は強い。ソビエト軍も強い。だから、この二つの国と、戦争をしてはいけないのだと。大変、皆さんは謙虚です。しかし、私の国、支那については、そんなことはいいませんね。支那などは、簡単にやっつけられると、思っているからですよ。戦局が、悪くなってくると、お二人は、アメリカとの戦争を、止めなければならないといいます。しかし、私の国、支那との戦争を、止めなければいけないとは、いいませんね。皆さん方は、口を開けば、この戦争は、アジアの解放戦争だといわれます。それなのにですよ』

そういって、立花健一郎は、急に目を潤ませてしまった」

「昭和十八年四月十四日。

昨日のことがあって、立花健一郎こと、荘舜英は、寝込んでしまった。

私は、枕元で、

『君の気持は、よく分かる。この戦争は、あくまでも、アジアの解放が目的だ。アメリカ、イギリス、あるいはオランダに対して、日本は、アジアの解放という、思想戦を挑んでいったと、私は、思っているんだ。確かに、軍人たちは、アメリカやソビエトを重視しているのに、支那に対しては、ほとんど注意を払っていない。しかし、アジアの解放を謳いながら、朝鮮を、植民地にしていたり、支那に対して侵略戦争を、仕掛けているのは、おかしいと思っている人間だって、何人かいるんだ。そのことは、忘れないでほしい。とにかく、私は、一刻も早く、この戦争を、止めなければいけないと思っている。今回の戦争が、どんな形で終わっても、アジアは植民地支配から解放される。それも間違いないと思っている。君の国の立場も、大きく変わってくるはずだ。お互い、そのことを期待しようじゃないか？』

と、彼を、説得した」

「昭和十八年五月六日。

今日、浅井さんが、一週間の支那の視察から、帰ってきた。私も、その報告を聞きたかったし、立花健一郎も、それを聞きたがった。

そこで、私は、店が閉まった後、三人で、話し合うことにした。

浅井さんは、開口一番、

『向こうは今、大変なことになっている。日本の新聞では、支那大陸では、日本軍、皇軍が、連戦連勝の快進撃をしていると、書いているが、それは間違っている。私が見た限りでは、日本軍は疲れ切っている。それも当然だよ。本来なら、二年か三年戦ったら、交代して、日本に帰れるようにしなければならないのに、兵士たちは、ずっと、あの広大な支那大陸で、戦い続けているんだからね。第一、師団長も、兵隊も、どこまで進んでいけば、戦争が終わるのかが分かっていない。これは、東条首相、以前は、陸軍大臣、東条中将だが、彼の無策によるものだと思う。戦争というものは、どこまで行ったら、終わる。どうなったら、終わる。そういうことを、決めなければならないのに、漫然と、広い支那大陸で、戦い続けているんだからね』

『ではどうしたらいいと、浅井さんは、考えていらっしゃいますか？　何かいい考えは、ありますか？』

　私は、浅井さんに、きいた。

『簡単だよ。一刻も早く、支那大陸での、戦争を止めるんだ。今ならば、蔣介石《しょうかいせき》も、この戦争を終えて、支那大陸が、解放されることを望んでいる。何といっても、蔣介石は、日本との戦争を止めて、共産軍との戦争に、専念したいと思っているからだ。こちらが停戦を持ちかければ、すぐに、応じるはずだ。ただし、日本軍の全兵力が、支那大陸から、直ちに撤退することが必要だ』

『満州は、どうするのですか？』

『満州からも、日本軍は、全て撤退する。後は、蔣介石軍に、任せればいい』

『もう一つ、停戦には、条件をつけてください』

と、立花健一郎が、いった。

『どんな条件だ？』

『汪精衛先生を処刑しないことです。先生は、日本政府によって、南京政府の院長にされました。先生を処刑しないことを、約束してくだされば、ありがたいし、私も安心できます』

『分かった。私の意見が通ったら、そういおう』

『それで、うまく行きますか？　何とかなりますか？』

と、私は、きいた。

『向こうでは、何人かの師団長に会って、話をしたんだ。心ある師団長は、このまま戦争を続けていても、仕方がない。停戦し、日本軍は、全て大陸から引き揚げる。各地に散らばっているので、全員を引き揚げるのには、時間がかかるだろうが、それは、やむを得ないといっていた。支那との停戦が出来れば、アメリカやイギリスとの和平も易しくなると、私は、思っている。今回の大東亜戦争について、アメリカと、交渉している時、最大のネックは、日本は支那大陸から撤退しろと、アメリカが要求していたことだからだ。われわれのほうで勝手に、支那大陸から、日本軍を全員、引き揚げてしまう。そのあと、和平提案をすれば、わりと簡単に、アメリカやイギリス、あるいはオランダが、話に乗ってくるのではないかと、期待している』

『今の浅井さんの話、どう思うね？』

私がきくと、立花健一郎は、

『そうあってくれればと思います』

と、いった」

第七章　日記の続き

1

「昭和十八年五月二十日。

先日、私が東条首相と対談をやった時、司会をやってくれた、アナウンサーが、今日、わざわざ店にやって来て、結局、あの対談は、放送しないことに決まったと、教えてくれた。

『わざわざ、そのことを、教えに来てくださったんですか？』

私が、いうと、アナウンサーは、ちょっと、間を置いてから、

『いや、東条さんには、くれぐれも、気をつけなさい。そのことを、いいたくて、来たんですよ』

と、いうのだ。

『東条さんは最初、あなたのことを、今回の戦争を、よく理解してくれている、とても感心な人だと、思っていたみたいですね。ところが、対談をしたら、あなたが、とんでもない、反戦主義者、危険思想の持ち主だと分かった。東条さんは、ビックリすると同時に、激怒したようです。裏切られたと思ったのかもしれません。東条さんは、執念深い人だし、怒ると、何をするか分からない人だから、とにかく、気をつけたほうが、いいですよ』

と、いう。

しかし、それは、東条首相の勝手な、勘違いなのだ。

最初から私は、今回の戦争は、アジアの解放を目的にした、思想戦争だと思っていたが、戦争そのものは、どうやっても、勝てないだろうと、考えていた。日本は負けるが、しかし、アジアの解放は実現する。それが、今回の大東亜戦争なのだ。

結果的には、それでいいではないかと、私は思うのだが、東条首相は、そうではないらしい。それで、私が、日本は、アメリカに負けると断言したことに、腹が立ったのだろう。

『しかし、私は、まだ何もされていませんよ。憲兵隊が、私のことを、逮捕しに来てもいませんしね』

私が、いうと、アナウンサーは、大きく手を横に振って、

『それは、東条さんのほうから、あなたとの対談を、求めてきた手前、いくらあなたの発言に、腹が立っても、憲兵隊に、あなたを逮捕しろとは、いえないのではないでしょうか？　しかし、何かあれば必ず、東条首相の意を受けた、憲兵が、あなたを、逮捕しに来ますよ。だから、くれぐれも、尻尾《しっぽ》をつかまれないように気をつけてください』

繰り返してから、帰っていった。

私は、自分の考えを変える気はない。というよりも、全てが、歴史的な必然だと思っている。

今回の戦争の目的は、アジアの解放であり、時間の長い短いはあるにせよ、日本が勝とうが負けようが、アジアは解放される。

だから、私は、この戦いは、思想の戦い、思想戦だといっているのだ。必ず、アジアは解放されるが、その前に、日本は負ける。それもまた、必然だと、私は考えているのだ」

「昭和十八年五月二十一日。

今日、一日、意味のない防空演習が行われた。これで三回目だ。だんだん、バカらしくなる。

相変らずの、発煙筒を使ってのバケツリレーと、大きな蠅叩《はえたた》きを使っての火消し。まるで、江戸時代だ。

今の空襲は、百機、二百機の大編隊で、爆弾、焼夷弾が、雨あられと降り注ぐのだ。呑気《のんき》にバケツリレーなどやっていたら、全員、死んでしまうだろう。更に、悲しくなるのは、こんな防空演習をやらせている方も、いざとなれば、何の役にも立たないことを、知っているに違いないということなのだ。何たる精神の荒廃か。

時間のムダも大きい。今日のような防空演習を五時間、一万人がやっていたとすれば、五万時間が、浪費されたことになる」

「昭和十八年五月二十五日。

浅井さんが、二人の軍人を連れて、店にやって来た。

一人は、満州国政策顧問で、大佐の木下秀次郎という、陸軍の軍人である。

もう一人は、大本営陸軍参謀本部の戦争指導班長を務める、谷口健太郎という陸軍中佐だった。

木下大佐は、満州国の、今後の政策について、東条首相や外務大臣、あるいは、大東亜省の大臣と、協議しに来たところだといい、参謀本部の谷口中佐は、満州国は、日本から見れば、独立国であり、支那の政府から見れば、傀儡《かいらい》政権だといった。

そこで、立花健一郎も、この話し合いに、参加させることにした。

満州国は、石原莞爾が五族協和、王道楽土を合言葉に作り上げた国家である。

支那人、満州人、朝鮮人、日本人、蒙古人《もうこじん》の五族が、仲良く暮らす楽土が謳い文句だったが、内実は、違ってしまったことは、心ある人間なら誰もが知っている。

しかし、今まで、この五族の間の、平衡《へいこう》が保たれていたのは、関東軍が武力で、不満を抑えつけていたからだ。

その関東軍の力が弱くなるにつれて、不穏な空気が生まれていると、木下大佐が、いった。

『太平洋戦線で、敗戦の気配が、強まるにつれて、関東軍の兵力が、次々に、そちらに回されているのです。だから、関東軍の力は、必然的に、どんどん弱くなっていっています。満州にいる朝鮮人や、支那人、満州人などは、敏感に、それを感じ取っているんですよ。中でも、今まで抑えつけられていた支那人は、いちばん敏感に、それを、感じ取っているんじゃありませんかね。それを、どう解消できるか、私には今、いちばんの不安なのです』

　と、木下が、いった。

　参謀本部では、アメリカ軍が、次に、どこに攻勢をかけてくるか、それについての、意見が分かれ、モメていると、谷口が、いう。

『今、陸軍、特に関東軍の最大の関心は、極東ソビエト軍の動きです』

　と、谷口がいう。

『ヨーロッパ戦線で、ドイツ軍が敗北しなければ、ソビエトは、ソ満国境で中立条約を破って、攻撃することができません。それで、今、いちばんほしいのは、情報なんですよ。独ソ戦で、本当は、どちらが優勢なのか、それが知りたいのです。もし、ドイツ軍が、不利ならば、いつまで持ちこたえることができるのか、それを知りたいんですがね。東条首相も、外務大臣も、正確な情報を、持っていない。ひたすら、ドイツは大丈夫だ。ヒトラーは、必ず勝利する、それだけをいっているのですからね』

『スターリングラードで、ドイツ軍が降伏したことは、もちろん、知っているんでしょう？』

　私がきくと、谷口は、

『もちろん、知っていますよ。ただ、ドイツ軍が、敗北したとはいわない。転戦したといっているんです』

『他の情報は、ありますか？』

『情報では、スターリングラードで、ドイツ軍が降伏し、九万一千人の兵士が捕虜になったと、聞いています』

『それは、正しい情報ですか？』

『もちろん、正しい情報です』

『他にも、ドイツ軍についての情報は、ありますか？』

『二つありますよ。一つは、北アフリカ戦線で、ドイツ軍とイタリア軍が、連合国軍に降伏した』

『二つ目は？』

『二つ目は、東部戦線のハリコフで、ドイツ軍が降伏した。この戦いで、戦死、捕虜合計百万人といわれています。正確な情報ですよ』

『そうなると、ドイツの敗北は、必至ですね？』

と、谷口が、いった。

『今のままで進めば、まず初めに、イタリアが脱落し、早ければ一年、遅くとも二年以内に、ドイツも、敗北しますよ。そうなると、ソビエトは、ドイツとの戦いに、使用されていた軍隊を、シベリア鉄道を使って、満州との国境に回すでしょう。それは、二ヵ月で完了すると思います。その後は、ソ満国境を破って、侵攻してくるかもしれませんね』

『しかし、日本とソビエトの間には、中立条約、不可侵条約が、あるんじゃないですか？　それがある限り、ソビエト軍が国境を破って侵攻してくることはないと、思うのですが』

と、浅井さんが、いうと、木下は、笑って、

『いや、その考えは甘いですね。条約は破るためにあるのだと、誰かがいっていますよ』

『しかし、日本は今、アメリカ、イギリス、オランダ、支那と戦っていますよ。その上、ソビエトを、敵に回したら、勝ち目がない。ソビエトは、中立条約を破らないと思うのは、いけませんか？』

と、浅井さんが、いった。

『それがいけないんですよ。今まで日本は、冷静な情報分析と、計算から、軍隊を動かすということを、してきませんでした。全て根拠のない希望を立て、それにしたが

って、戦争をしてきたのです。例えば、支那事変では、首都の南京を占領すれば、支那軍は降伏するだろうと勝手に考えて、南京を占領したが、支那軍は降伏しなかったんですよ。また、ドイツ軍は、ソビエト軍に、勝つだろう。イギリスに上陸して、イギリスを降伏させるだろう。そういう希望を持って、アメリカ、イギリスとの戦争を始めました。しかし、ドイツ軍は、ソビエト軍に、勝てませんでしたし、イギリスに上陸することにも、失敗してしまいました。ソビエト軍は、中立条約を守るという希望、その希望には、はっきりした根拠があるわけではないでしょう？　私も、条約というものは、破るためにあるという先ほどの意見に、賛成ですね』

と、谷口が、いった。

『それなら、どうすれば、いいんですか？』

『それがわからずに、東条首相も参謀本部も困惑しているんです』

木下が、いった。

『ただちに、戦争を止めるべきなんですよ。もう、それしか、ありません。ドイツが降伏する前に、ソビエト軍の主力部隊が、極東に回ってくる前に、戦争を止めるべきです』

と、私がいうと、立花健一郎も、

『私も、その意見には、賛成ですね。もし、ソビエト軍が、満州を占領したら、必ず、支那の共産党軍を、満州に入れると思うのです。そうなれば、現在の蔣介石政権は、苦境に立たされてしまいます』

と、いった。理由は違っても、停戦ということでは、一致しているのだ。

『今、ただちに、戦争を止めるというのは、具体的にどうすればいいのでしょう？』

『アメリカは、真珠湾で日本軍の騙し討ちにあったと思っているから、日本の政府が、停戦を提案しても、おそらく簡単には、応じないでしょう』

谷口中佐が、いうので、

『必ずしも、アメリカ政府が、停戦に応じなくても、いいんですよ。日本は、まず、支那の蔣介石政府と停戦するのです。私は、一週間、支那各地を回ってきましたが、蔣介石政府は、一刻も早く、日本との戦争を終わらせたがっています。なぜなら、このまま日本軍と戦っていては、共産党軍を、屈服させることができません。日本軍との戦争を止めて、全ての力を、対共産党軍に向けたいと、思っているんですよ。ですから、停戦の申し入れには、必ず応じるはずだと、確信しています。ただし、日本軍は、あれこれ条件を出してはいけません。無条件に支那から全軍撤退、そうしなければいけません』

と、浅井さんが、いうと、木下が、

『それでは、満州は、いったい、どうするんですか？』

と、きいた。

『もちろん、満州国からも、日本軍と日本人は、全て、撤退します。無条件にです。後のことは、蔣介石政権に任せればいいのです。支那と停戦しておいてから、アメリカと停戦を考えればいい。アメリカだって、ヨーロッパとアジアで、戦っているんだから、日本との戦争を止めれば、太平洋に、展開している軍隊を、全てドイツに、向けることができる。だから、停戦に応じると、私は、考えています』

浅井さんが、いうと、二人に割り込む形で、

『支那の蔣介石政府と停戦をする時には、必ず、条件を入れてください』

立花健一郎が眼を光らせて、いった。これだけは、いっておくぞという気迫が感じられた。

谷口と木下が、不審そうな顔で、立花を見つめた。

その様子を見て、浅井さんが、

『この人は、本名、荘舜英、南京政府の汪精衛院長の秘書官です』

と、紹介した。

『それで、いったい、どんな条件を入れたいのですか?』

木下が、きく。

『まず第一に、重慶政府の蔣介石主席が、日本の作った南京政府の汪精衛院長を処刑しないこと。満州国も、日本によって作られた国ですから、満州国皇帝も許されること。この二つに協力した支那人、満州人も、全て許すこと。この条件を、ぜひとも、入れてください。お願いします。日本政府には、その責任が、ある筈ですよ』

立花健一郎は、必死の表情だった。

『しかし、関東軍の中には、蔣介石軍との戦いには、負けていないと、固く信じている人がいますからね。浅井さんのいうように、簡単には支那と停戦はしない。おそらく、反対すると思いますよ。その点の計算は、どうですか?』

と、木下がきく。

『いや、私は、支那大陸で、師団長や兵隊に会いましたが、彼らは例外なく、疲れ切っていましたよ。何しろ、昭和十二年に、日本と支那の間で、戦争が始まってから、すでに六年も、経っていますからね。このまま、いつまで、戦いを続ければいいのか、そんな疑問を、抱きながら、兵隊は、毎日必死に戦っているんです。繰り返しますが、全員が、心身ともに、疲れ切っているのです。何とか、説得すれば、関東軍だって、停戦に賛成するんじゃないですか？　私は、そう信じているのです』

と、浅井さんが、いった。

その後、谷口中佐が、戦局について話した。

『開戦当初は、日本軍は攻勢につぐ攻勢でしたから、まさに戦勝気分で、太平洋全域の島々に、次々に兵士をばらまいていったんです。しかし、今になってみると、完全な失敗でした。そのうちに、アメリカ軍の反攻が始まって、おそらく、島を、一つ一つ、シラミ潰しに攻めてくるだろうと思っていたら、向こうは、飛び石作戦を、取ってきたんですね。ラバウルには、日本軍の精鋭部隊が、一個師団、防備を固めていました。ところが、アメリカ軍は、ラバウルを、素通りしてしまって、その一個師団が、孤立してしまいました。われわれとしては、アメリカ軍が、次にどこを攻めてくるのかが、分からなくて、困っているんですよ。ただし、来年になれば、アメリカ軍が、サイパン、テニヤンに来ることだけは、はっきりしているんです』

『どうしてですか？』

『サイパン、テニヤンを占領して飛行場を造れば、アメリカは、長距離爆撃機を持っていますから、日本本土を爆撃することが可能だからです』

『それで、サイパン、テニヤンの守りは、どうなっているのですか？』

『東条首相は、守りは完璧だと、自信満々に、いっていますがね。今までに、アメリカ軍の攻勢で、多くの島々で、日本軍は玉砕《ぎょくさい》しているんです』

『それで、サイパン、テニヤンの次は、どうなるのですか？』

浅井さんが、きいた。

『その次は、フィリピン。これは、マッカーサーが帰るといっています。問題は、日本領の沖縄か、台湾か、そのどちらに来るか、参謀本部の意見が分かれてしまっているのです』

『あなたは、沖縄と台湾のどちらにアメリカ軍が来ると、考えておられるのですか？』

浅井が、きくと、谷口は、きっぱりと、

『沖縄です』

『理由は？』

『地図をよく見てください。沖縄は、台湾と、日本本土との中間に、あります。今までの、アメリカ軍の侵攻ルートを考えれば、沖縄に上陸し、台湾を無力化しようとするに違いありません。逆に、台湾を先に占領したら、その次に、沖縄を攻略しなければなりません』

『それで、あなたの考えは、参謀本部では大勢ではないんですか？』

『参謀本部の大勢は、台湾説の方向で動いているんですよ』

『沖縄と、台湾の両方に、強力な守備隊を、置いたらいいんじゃありませんか？』

浅井さんが、いうと、谷口中佐は、苦笑した。

『今の日本には、残念ながら、それだけの余裕はありませんね。台湾防衛に、力を入れるなら、どうしても、沖縄から、一個師団を、台湾に移さなければならなくなるのです』

『そうすると、どうなるんですか？』

『当然のことながら、沖縄の守備力は、大幅に弱くなります。アメリカ軍の、上陸に対しては、水際で叩くことが、いちばん効果的というか、唯一の、戦略ですが、沖縄の一個師団が、台湾に回ると、アメリカ軍が沖縄に、上陸してきたら、水際で叩く戦略は、取れなくなります』

どうも、暗い話ばかりになってしまった」


「昭和十八年十二月一日。

この日、浅井さんが、皇族の一人を、私の店に、案内してきた。

ここに実名を書くわけにはいかないので、N殿下としておく。

N殿下が、私に、こういわれた。

『今の戦局を見ていると、一刻も早く、和平に向うべきだと、私は思った。和平活動を推進する上で、最大の障害は、何といっても、東条首相である。和平について話し合っただけで、東条首相の指揮する、憲兵隊に逮捕されてしまう恐れが、あるからだ。私は、木戸内府と相談した。木戸内府は、最初から、今回の戦争には反対だったからである。しかし、今の状況で、和平に持っていくのは、難しいだろうと、木戸内府はいった。東条首相に、和平を考えろといっても、聞く耳を持たないことは、分かっている。といって、和平活動を取り締まるなといっても、素直にいうことを、聞くような男ではない。そこでどうしたらいいか？　私は木戸内府と相談し、一つの計画を立てた。私と木戸内府は、東条首相を食事に誘い、こう提案した。現在、戦局は、日々不利になってきています。どうにかして、態勢を、立て直さなければなりません。それには、強力な参謀総長が必要です。そこで、関東軍参謀長の、経験のある、東条さんに、ぜひ、参謀総長になっていただきたい。私と木戸内府は、そう提案した。私たちは、東条首相を、参謀総長にして、戦争に全力を挙げさせたかった。そうすれば、自然に、首相や陸軍大臣を、兼任しては、いられなくなるから、自分から辞職するだろう。そこを狙ったのである。東条首相は、しばらく考えてから、私も参謀総長になって、戦局を展開したい。そういって、参謀総長に就任した。ところが、東条は、首相を辞めないし、陸軍大臣も辞めない。その上、陸軍の参謀総長になってしまった。前よりも、むしろ、地位が強力になってしまった。これは、私の失敗である。こうなると、何としてでも、東条首相を辞職させなければならない。私は和平に関心があるという皆さんと、一緒になって、東条首相を辞職に追いやる運動を展開したいと思っている。覚悟を決めて、協力していただきたい』

私は、強力な援軍を、得たと思った。今までに、私たちは、賛同者として、七人を集めていた。

元外務大臣の浅井清。

満州国政策顧問の木下秀次郎。

海軍兵学校副校長の三田村勝敏。

大本営陸軍参謀本部戦争指導班長の谷口健太郎。

日の丸飛行機製造社長の原島雄作。

そして、私。

七人目は、日本名、立花健一郎、本名、荘舜英。

そこに、皇族のN殿下が加わったことになる。これで、東条首相を辞職に追い込めるだろう」

「昭和十八年十二月十日。

　突然、浅井さんから、電話が入って、

『今、日の丸飛行機製造の、原島社長のところに、憲兵隊が、やって来て、社長を、逮捕して連行していったという知らせが入った。そちらにも、行くはずだから、身辺の整理をしておくように』

　いきなり、いわれた。

　私は何よりもまず、この日記を隠す必要を感じた。

　この一行を、書いただけで、あと、いつ、日記を、書き続けることが出来るか私にも分からない」

2

　ここで、一冊目の日記は終わっている。

　二冊目の日記は、昭和十九年四月一日から始まっている。

「昭和十九年四月一日。

今日、私は、ほかの五人と一緒に、釈放された。どうして、釈放されたのかは、分からない。

逮捕勾留され、今日までの四ヵ月間に、何があったのか、それを、これから調べなければならない。

四ヵ月前の新聞を読み直すと、そこには『東条首相暗殺計画の犯人たち、憲兵隊によって逮捕』と、あった。

私たちは、東条首相の暗殺を計画していたわけではない。東条首相を何とかして辞職させ、東条首相に代わって、和平を前向きに考える人に、首相になってもらいたかったただけなのだ。

それが、東条首相の暗殺計画という、恐ろしいことを企てている犯人になってしまっていたのである。

なぜ、そんなことにされてしまったのだろうか？

多分、東条首相の狙いは、二つあったのだ。首相暗殺計画という恐ろしい計画を立てていたとして、私たち全員を処刑したかった。特に、今回の戦争で、日本は、必ずアメリカに、負けるといった私に対して、東条首相は、激しい憎しみを持っていると、放送局のアナウンサーが、いっていた。私を入れて、全員を逮捕し処刑してしまえば、東条首相の溜飲《りゅういん》は下がる。これが、第一の理由。第二は、「首相暗殺」という、おどろおどろしい言葉で、国民の意識の引き締めを狙ったということである。

しかし、なぜか、四ヵ月後の今日、突然、釈放された。

その理由を考えてみると、逮捕者は六人だったが、そのグループの中に、皇族が入っていたので、東条首相は、ビックリしてしまったのだ。

そのことが、公になれば、それこそ、日本中が、大さわぎになる。だからこそ、私たちを、四ヵ月で釈放し、皇族のN殿下の名前は、発表しないことに、したのだろう。

もう一人、日本名、立花健一郎、本名、荘舜英は、あの日、いち早く、南京に飛んでしまって、日本にはいなかった。だから、幸いにも逮捕を免れた。

しかし、彼の希望は、逆に、遠のいてしまったことになる。

私事だが、どうしても、一つだけ、書いておかねばならないことがある。

それは、一人息子の伸幸が、四ヵ月の間に、召集されていたことである。

息子の伸幸は、生まれつき右足が正常に動かない。杖を使って、ゆっくりと歩くことはできるが、走ることができないのである。

兵隊というのは、走れなければ、戦力にならない。満足に、敵と戦うことができない。

それで、二十五歳になっても、兵役を免除されていたのだが、今回、私が、逮捕拘束されている間に、家内の話によれば、突然、召集令状が来たのだという。それでも、一週間の猶予を与えられたあと、入隊した。

仲幸は、父親の私がいうのもおかしいが、若き天才画家と、いわれてきた。その作品は、いずれも、好評を博し、将来を嘱望されていた。

それが、どうして、突然、召集されてしまったのか？

仲幸の妻、八重子《やえこ》と、家内が一緒に、仲幸が入隊した連隊に行き、理由を聞いたところ、

『召集した理由は、いえない。とにかく、今は、総力戦の時代である。長谷見仲幸も、一兵士として、立派に戦ってくれることを、期待している』

そういわれて、追い返されたと、家内が、いった。

私は、八重子に感謝しても、感謝し足りない気がしている。私が勾留されていた四ヵ月間、『料亭さくら』も、もちろん、営業停止を命ぜられた。その間、八重子は、私の家内と、女二人だけで、店を守ってくれたし、私にとっては、孫の伸一郎《しんいちろう》を、育

てくれたのである。

　私が勾留されて、一週間後、それまで、兵役を免除されていた仲幸に、突然、召集令状が舞い込んだ時も、八重子は、私の家内と、抗議しに行ったという。

『八重子さんには、びっくりしましたよ』

　と、家内は、私に、いうのだ。

『八重子さんは、口数が少くて、大人しいと、思っていたんですけど、あの日は、別人でしたよ。担当官に、食ってかかりましたもの』

『何といって、食ってかかったんだ？』

『担当官にね。こういったんです。あなたは、前に、「走れない男は、兵隊になれない。だから、君は、役立たずだ」と、いって、主人をバカにしたじゃありませんか。どうして、突然、役に立つ男になったんですか？　主人の描く絵で、国民の皆さんは、心の安らぎを与えられるんです。役に立たない兵隊を一人増やすより、国民の心を慰める絵を、主人に描かせた方が、どのくらい役に立つか、そのくらいのことも、わからないんですかって。そのとおりだから、担当官の方も、後ずさりしていましたよ』

　その八重子は、夫の仲幸が召集されたのは、私のせいだと、もちろん、わかっているだろう。だが、私を非難するような言葉も、態度も示さない。そのことが、私には、辛い」

「昭和十九年四月五日。

浅井さんが、私の店に来て、お互いの、無事を祝った。

私が、浅井さんに、一人息子の長谷見伸幸が、突然、召集されたことを話すと、

『それは、東条首相の、君に対する、見せしめだよ』

と、浅井さんが、いう。

『私たちと一緒に、計画に参加していた二人の軍人、満州国政策顧問の木下秀次郎陸軍大佐と、大本営陸軍参謀本部の戦争指導班長の谷口健太郎中佐だがね、二人は、釈放された後、ただちに激戦地のフィリピン・ルソン島に追いやられてしまったよ。これも、おそらく、東条首相の見せしめだろう』

と、浅井さんが、いった。

『海軍兵学校の副校長だった三田村さんは、どうなったんですか？』

『三田村さんも、辺地に追いやられたよ』

と、浅井さんが、いった。

『東条首相の力は、現在、どうなっているんでしょうか？』

　私が、きくと、浅井さんは、

『私も、まだ、釈放されたばかりで、最近の政治情勢は、よく分からないが、いまだに、強い力を持っているようだ。ただ、新聞を読むと、連日のようにアメリカの機動部隊が、グアム、サイパン、テニヤンに爆撃を加えている。間もなく、グアム、サイパン、テニヤンの三島に、アメリカは上陸してくるだろう』

『サイパンやグアム、テニヤンが、アメリカに占領されれば、飛行場が造られて、そこから飛び立ったアメリカの長距離爆撃機が、日本本土を爆撃するようになるんじゃありませんかね？』

　私が、いうと、浅井さんが、はっきりと、いった。

『おそらく、そうなるだろう。そうなれば、東条首相は、辞職せざるを、得なくなる。帝都が、爆撃されるんだからね。ひょっとすると、宮城《きゅうじょう》にだって、爆弾が落ちるかもしれない』」

「昭和十九年六月十五日。

　浅井さんが、私の店に来て、こういった。

『二つ、知らせがある。一つは、サイパン島にアメリカ軍が上陸したので、東条首相が、私の動きを、制約するどころではなくなってしまった。釈放されてすぐは、憲兵隊の尾行がついていたのだが、今は、全くついていない。もう一つは、昨日、立花健一郎が、上海からやって来た』

『彼の様子は、どうでしたか？』

私が、きくと、

『はた目にも、はっきりと分かるほど、憔悴《しょうすい》し切っていたよ。私に会って、彼が、最初にいったのは、どうして、日本軍は支那で、停戦しないのですかと、いうことだった。このままで行けば、日本は、徹底的に、アメリカに叩かれ、敗北してしまう。そうなってからでは遅いんですよと、彼は、いっていたが、彼のいう通りなんだよ。今、日本がただ一つできるのは、支那の蔣介石政権と停戦し、軍隊を、全部撤兵させることなんだ。それ以外に、取るべき道はない。それなのに、日本軍は、支那大陸で、意味のない作戦をいまだに、実行している。なぜ、そんなことをするのか、自分には、理解ができないと、彼は、いっていた』

『今、日本軍は、支那大陸で、どんな作戦を実行しているのですか？』

『陸軍省では、一号作戦と、呼んでいる。支那大陸の占領地域で、国民政府軍が、ところどころで、攻勢に出ている。そこで、日本軍は、南京からビルマとの国境までまっすぐに、占領地域を、広げる作戦に出た。それを一号作戦とか、貫通作戦と、呼んでいる。しかし、私が、聞いたところでは、師団長も将校たちも、ただ命令に従って、南京から、ビルマとの国境まで兵隊を、移動させているだけで、兵士たちは、行軍だけで疲れ切ってしまっている。戦うどころではないといっているよ』

『なぜ、そんな意味のない作戦を展開しているのですか？』

『太平洋戦線では、日本軍は、敗戦続きだ。支那大陸で、何かをやって、いいところを見せたい。ただそれだけの理由らしい』

と、浅井さんが、いった」

「昭和十九年六月十八日。

『料亭さくら』に、政府の要人や、陸海軍の高級将校や、あるいは、実業界の人間が、また毎日のように、食事に来るようになった。それだけ、東条首相や憲兵隊を、怖がらなくなったということだろう。

東条内閣では、浅井さんの話によると、東条首相と、仲のいい嶋田《しまだ》海軍大臣の辞任を、勧告する動きが、強まっているという。

『嶋田さんは、何事でも、東条首相のいいなりという人だから、まず、嶋田さんを辞めさせれば、それだけ、東条首相の力が弱くなる。そういう動きだと、私は思っている』

と、浅井さんが、いった」

「昭和十九年六月二十一日。

店に来た海軍将校の一人が、私に教えてくれた。

『アメリカ軍がサイパンに上陸したので、日本の守備隊を助けようと、日本海軍の空母がマリアナ沖で、アメリカの機動部隊と交戦し、敗北を喫したということだ』

と、いう。

『日本の優秀なパイロットの多くが、ミッドウェイ海戦で、亡くなっているのが、ここに来て、響いているんだ。マリアナ沖の海戦では、新米の日本のパイロットが、アメリカのパイロットに、技術的に負けてしまい、昔のように、勝てなくなってしまった。すでに、物量だけではなくて、技術でも、アメリカに負けるようになってしまったんだよ』」

「昭和十九年七月二日。

浅井さんが、現在、外務次官を務めている村上義武《むらかみよしたけ》氏、情報局総裁秘書の佐川誠之《さがわまさゆき》氏、それから、東条首相によって、フィリピンに飛ばされた陸軍参謀本部の、戦争指導班長、谷口中佐の後任の坂田《さかた》中佐の三人を連れて、店に来た。

他に、立花健一郎も連れてきて、私を含めて、六人で夕食を取ることになった。

その席で、外務次官の村上さんは、私の意見は、重光《しげみつ》外務大臣と、同じであると、わざわざ告げたあと、突然、立花健一郎こと荘舜英に向って、

『君は、南京政府、汪精衛の秘書官だったそうだが、同時に、重慶政府、蔣介石のスパイだということも聞いているが、それは本当の話かね？』

と、いった。

私は、ビックリしたが、立花健一郎は、別に否定もせず、

『私は、ひたすら、支那という国のため、支那の国民のために、一刻も早く、戦争が終結することを、願っています』

と、いう。

『今も君は、蔣介石政権と、連絡を取っているのかね？』

村上次官が、更に、聞く。

『ええ、もちろん、絶えず、連絡は取っています』

『それでは聞くが、蔣介石が、今でも、日本との停戦を望んでいるというのは、本当かね？』

『ええ、それは、間違いありません』

『それを、信じていい理由は、いったい、何かね？』

『それは、ソビエトの、完全な指導の下にある共産軍のことがあるからです。抗日のために、国民政府と中国共産党とは、一時的に、和解しておりますが、この二つが、相容《あいい》れざる敵であることは、誰もが、知っていることです。蔣主席は、一時、江西《こうせい》で共産軍と戦って、ある程度の成功を収めましたが、わずか一年あまりの共産軍との戦争で、一万人を超す兵士が、犠牲になり、国の金庫は、空っぽになってしまいました。それにもかかわらず、共産軍を全滅させるわけにもいかず、共産軍は、延安《えんあん》に落ち着いてしまいました。延安というのは、地図を見ていただければ、お分かりになると思いますが、ソビエトに近いのです。これによって、逆に、共産勢力が増大すると、蔣主席は心配しているのです。そこで、蔣主席は、反共政策を取っている日本と、手を握り、ソビエトの動きを、牽制《けんせい》する必要があると考えています。このことは、私は、しばしば、蔣主席自身からも、蔣主席の側近からも、聞いています』

『過日、日本政府は、重慶にいる、蔣介石政権に対して、停戦を呼び掛けている。そのことは知っているかね？』

『聞いていますが、おそらく、失敗するでしょう』

『どうして、失敗すると思うのかね？』

『現実を直視してください。日本軍が、現在も、支那の各地を荒らし回っています。おそらく、今日も、支那のどこかで、支那の民衆が、殺されていることでしょう。そういう状況のままで、日本政府が停戦を呼び掛けても、蔣介石主席が、それを受け入れるはずがありません。支那の国民は、受け入れないでしょう』

『しかし、蔣主席は、日本との停戦を望んでいるんだろう？』

『そうです。希望しています』

『それでは、どうすれば、蔣主席は、あるいは、蔣政府は、停戦に応じるのかね？』

『蔣主席は、いつもこういわれています。無条件での全面撤兵、そのあとで、和平提携。これが蔣主席の希望です』

『蔣主席の立場からすれば、確かにそうだろう』

村上次官が肯くと、浅井さんが、

『私は、以前に一週間、支那の各地を歩いてきて、それなりの結論を持っています。できれば、そのことを、重光外務大臣に伝えてほしい』

と、いい、続けて、

『戦局は日々、日本に不利で、アメリカの攻勢に太刀打《たちう》ちできるとは、まず考えられません。私がいちばん恐れているのは、ソビエト軍の動きです。ソビエトは、今すぐ、日本に向って、戦争を仕掛けてくることはないと、考えていますが、そのまま日本が、弱体化していけば、その潮時を狙って、間違いなく、満蒙に攻め入り、満州を占領した後は、日本本土にも、攻めてくる恐れがあります。今までのソビエトの動きを見ていると、自国の利益のためには、ナチスと手を結ぶこともためらいません。それを考えると、今、日本は、危急存亡の時です。このままアメリカあるいは支那と戦争を続けていて、その間隙《かんげき》を、縫うようにしてソビエトが、侵入してくれば、日本は滅亡します』

『それでは、日本は、どうしたらいいのですか？』

『立花君が、いったように、今、日本が取れる政策は、一つしかありません。支那からの、全面撤兵です。無条件に、しかも、最短期間で全部の兵士を、支那から引き揚げるのです。もちろん、満州からもです。日本軍は、現在、支那の各地に、点在していますから、引き揚げるについては、いろいろと、技術的な困難があることは分かっています。しかし、だからといって、ためらっていれば、取り返しのつかないことになります。上海、南京、広東《カントン》、天津《てんしん》、そういった都市からの、引き揚げは、すぐに間髪入れずにやるべきです。満州からの引き揚げも、もちろん、すぐに実行する。そのために、沢山の犠牲者が、出るかもしれませんが、ためらっていては、いけません。軍隊を、支那大陸から引き揚げたあと、日本は支那に対して、侵略を詫びなければなりません。もし、蔣介石政府が、賠償を求めたならば、その要求を受け入れる。そうすれば、蔣介石政権は、必ず、この停戦に応じます。それで、どうかね？』

と、浅井さんは、立花健一郎の顔を見た。

立花健一郎は、やっと、微笑を浮かべて、

『それならば、蔣主席も、停戦に同意するはずです』

と、いった。

浅井さんは、続けて、

『支那との停戦が実現できれば、アメリカ、イギリスも、日本の和平提案に、必ず応じてくるはずです。こうなれば、ソビエトも、日本に手出しができなくなるでしょう。私が考えるに、今次の戦争が終わったあとは、アメリカの主導する資本主義と、ソビエトが主導する共産主義の、二つの力の戦争になります。実際の戦争ではなくて、これは、思想の戦争です。そうなれば、日本は、今度は、アメリカ、イギリス、支那側に立って、ソビエトと、対決することが可能になります。これ以外に、今の日本が取るべき方法、あるいは、日本を救う方法はありません』

『問題は、陸軍の考えだね。それを、坂田中佐に聞きたい』

外務次官の村上は、坂田に、いった。

『私は、前任者の谷口中佐が、東条首相の暗殺計画に参加し、そのためにフィリピンの激戦地に追いやられたことは、知っています。私は、その谷口中佐の志を、継いでいますから、ご安心ください』

私は、それを聞いて、ホッとしながらも、私たちが計画したものが、東条首相暗殺計画と呼ばれるのは間違っていて、正しくは、東条首相辞職計画だったといおうとしたが、止めてしまった。それを、今さらいっても、仕方がないことだからだ。

その代わりに、

『あなたが、谷口中佐の志を、継いでいるというと、何か、それらしい行動をしているのですか？』

と、聞いてみた。

『先日、私は独断で、東条陸軍大臣兼、参謀総長に面会を求めて、今こそ、戦争を止め、和平に進むべきだと、進言しました』

『それで、東条さんは、どうしました？　何か、いいましたか？』

『じっと黙って、私の話を、聞いていましたよ。もちろん、ずっと、不機嫌な表情のままでしたけどね。しかし、結局、何も、おっしゃらなかった。おそらく、私の話は、東条首相にとって、気に入らなかったんでしょう』

『それで、私が話したことに対して、陸軍は賛成するだろうか？』

と、浅井さんが、きいた。

『和平工作については、現在の陸軍内は、賛成と反対が半々ぐらいだと思いますね。問題は、その条件です。支那からの全面撤兵については、八割以上が、反対するのではないでしょうか？　確かに、支那大陸での戦闘は、苦戦の連続で、師団長も、兵隊も疲れ切っていますが、支那軍には負けてはいないと考える者が、いぜんとして、多いですから』

確かに、これが、最大の障害だろう」

「昭和十九年七月七日。

サイパン島の守備軍が、全滅した。

東条首相は、グアム、サイパン、テニヤンは難攻不落だと言明したが、わずか、一ヵ月で、サイパン島は、アメリカ軍の手に、落ちたことになる」

「昭和十九年七月十八日。

サイパン守備軍が全滅したと、新聞にも発表された。

同じくこの日、東条内閣がとうとう総辞職した」


「昭和十九年七月二十二日。

小磯《こいそ》内閣成立。

浅井さんが、皇族のN殿下を連れて、店に来た。

浅井さんは、私に向って、

『N殿下と私とで、小磯首相に、建白書を出したいと、思っているから、君も署名してほしい』

と、いう。

私が、浅井さんや、立花健一郎と一緒に、話し合った、支那大陸からの、日本軍の無条件全面撤退の建白書である。

もちろん、私は、喜んで署名した。

その上で、

『立花健一郎さんも、署名したほうがいいんじゃ、ありませんか？』

と、浅井さんに、いうと、

『彼には、別の書類を、持っていってもらうことにしている』

『別の建白書ですか？』

『蔣介石主席の署名入りの、日本の首相宛ての手紙、親書だよ。蔣介石主席も、日本との停戦を希望している。その停戦について、向こうの条件を書いたものだ。立花健一郎君が、密かに、重慶の蔣介石と連絡を取り、やっと、蔣主席のサインの入った親書が、手に入った。それを一緒に、小磯首相に届けようと思っている』

と、浅井さんが、いった」

「昭和十九年八月五日。

浅井さんが、一人で店を訪ねてきた。

その落胆した表情から、建白書と蔣主席の親書が、小磯首相に、受け入れられなかったことが、推察できた。

食事をしながら、

『ダメでしたか？』

と、きくと、

『小磯首相には、受け取ってもらえたよ。内容について興味があるので、よく読んで考えたいと、いってもらえた。しかしながら、陸軍が全く動かない。私たちの建白書と蔣介石主席からの親書も、支那に駐留している、日本陸軍の賛成がなければ、どうしようもないんだ。それどころか、今日、支那大陸で、日本軍が衡陽《こうよう》の飛行場を占領したそうだ』

『何のために、その飛行場を占領したんですか？』

『アメリカの空軍が、支那大陸にある飛行場を、利用して、満州や日本本土、特に九州を爆撃するのではないか、そう考えて、在支陸軍がその飛行場を占領したらしい』

『それで、日本の九州は、爆撃されずに済むのですか？』

『いや、そうはいかないな。アメリカはサイパン、テニヤンを占領し、飛行場を造っている。アメリカの、強大な力をもってすれば、飛行場は、短期間で、完成してしまうだろう。そこへ超空の要塞と呼ばれる新型の爆撃機がやって来る。そうなったら、九州どころか、日本の、本土全体が、爆撃圏内に入ってしまうのだ。そのことを考えれば、今、支那大陸で、日本軍は、何もしないで、私たちの建白書にしたがって、全面撤退をする。そうすれば、蔣介石主席の親書にあったように、停戦は必ず成立する。支那との停戦を、果たした上で、アメリカ、イギリスなどに、和平を呼びかければ、必ず向うもアメリカも賛成するはずだ。そのくらいのことは、子供にだって分かる。それなのに、なぜ、今、小さな飛行場を、占領するのか？　そんなことをすれば、日本は、支那と停戦する意思がない。そう思われても仕方がない。残念だよ』

浅井さんが、口惜しそうに、いった」

第八章　三人が死んだ

1

長谷見裕太郎の日記に、この頃から、次第に、苛立ちと、怒りの記述が、多くなってくる。

「昭和十九年十一月一日。

マリアナ諸島を基地とするB29一機が、東京上空に現れ、超高度で、十二分、飛行した後、飛び去った」

「昭和十九年十一月五日。

十一月一日に引き続き、Ｂ29一機が東京上空に現れ、一万メートルの高度を、十五分の飛行の後、飛び去った。

たぶん、テニヤン、サイパンの飛行場が完成し、Ｂ29と呼ばれる重爆撃機が、アメリカ本土から到着したため、本格的な空爆に備えて、東京上空を偵察していたのだろう。

間もなく、Ｂ29による本格的な日本本土に対する爆撃が始まるに違いない」

「昭和十九年十一月六日。

今日、航空技術研究所の三浦《みうら》氏に会ったので、ここ何日間か、胸にたまっていた疑問をぶつけてみた。

『ここに来て、二回、東京上空に、アメリカの爆撃機が、それぞれ一機で飛来していますが、なぜ、高射砲で射ち落したり、戦闘機で撃墜したりしなかったんでしょうか？』

私が、きくと、三浦氏は、困ったなという顔で、

『アメリカのＢ29は、二回とも、一万メートル以上の高空を飛来しています』

『それは、新聞に出ていたので知っています』

『日本の高射砲は、高度八千メートルまでしか届かないと聞いています』

『じゃあ、戦闘機は、どうしたんですか？』

『一万メートル以上の高度というと、二つ問題が出てきます。一つは寒さ、もう一つは、空気のうすさです。この二つを克服する必要があるのです』

『でも、アメリカの爆撃機は、一万メートル以上の高度を、悠々と、飛んできていますよ』

『アメリカの高い技術が、その二つを克服したということです』

『日本は、克服できていない？』

『寒さの方は、防寒服を着ることで、何とかなりますが、問題は空気のうすさの方です。空気がうすいということは、酸素がうすいということですから、パイロットと、飛行機の両方に関係してきます。空気のうすい高空で、パイロットが長時間働くと、気分が悪くなり、最後には、失神します。飛行機の方は、ガソリンエンジンは、酸素がないと、動きませんから、高空で、酸素がうすくなると、千馬力のものが、千馬力の力を出せなくなるんです』

『しかし、その問題は、二つとも、理論的には解決しているんじゃないんですか？』

私が、いうと、三浦氏は、初めて、微笑して、

『理論的には、解決しています。パイロットの場合は、操縦席全体を与圧すればいいんです。つまり、空気を濃くすれば、解決します。エンジンの方は、空気のうすい高空では、その空気を圧縮して、強制的に、エンジンに送り込めばいい。この機構を、過給機といいます』

『しかし、日本では、その二つとも実現していないんですか？』

『日本の工業技術が、そこまで、いっていないのです』

『アメリカは、実現した？』

『B29の写真を見ると、明らかに、エンジンに過給機が、ついています。また、機内が、与圧されているようです。それなら、高空でも、乗員は、平気で動き廻れます』

私は、困ったことになったと思った。三浦氏のいう通りなら、今後B29が、編隊で、高高度をやって来たら、日本の戦闘機は迎撃できず、高射砲は、届かない。とすると、降り注ぐ爆弾や、焼夷弾を地上の人々は、無抵抗に甘受しなければ、ならないのだろうか」

「昭和十九年十一月八日。

今日、立花健一郎が、一人の支那人を連れて来た。

その男は、自分の名前は高周元《こうしゅうげん》だと、自己紹介した。南京政府の汪精衛院長は、現在、入院中だが、病状が重いので、自分が、その代理を務めていると、高周元氏が、いった。

立花健一郎が、私に向かって、

『高先生は、重慶政府の要人とも、親しくしています』

と、いった。

『とすると、彼も、重慶政府のスパイなのか？　君と同じようにね』

私が、きくと、立花は、笑って、

『重慶政府の人たちも、南京政府の人間も、同じ支那人です。重慶政府の要人や、蔣介石主席は、南京政府が、裏切らない限り、日本政府、あるいは、日本軍との交渉を任せると、いっているんです。現在、重慶政府の、蔣介石主席と日本政府とが、直接、停戦について、話し合うことが、難しいので、蔣主席は、この高先生に、日本政府との交渉を、任せているんです』

『その証拠は、あるのか？』

私が、きくと、高周元氏は、バッグから書類を取り出して、それを私に見せた。

『これは、重慶政府の、蔣介石主席から渡された、私に対する信任状です。よくご覧になってください』

　確かに、その書類には、蔣介石主席の署名も、あった。

　それでも、まだ、私は、目の前にいる、高周元という男が信用できなくて、

『この信任状が、本物だという証拠は？』

　と、きくと、今度は、高周元氏が、笑った。

『日本政府と国民政府との立場は、今や逆転しています。以前、日本と、支那の間で、停戦が話し合われた時、日本政府は、日支事変のために、何人もの兵士が、死んでいるから、その賠償金をよこせと、要求したんです。まさに、日本政府の、あるいは、日本軍の驕《おご》りが、そのまま表れた、ひどい要求だと思いますよ。しかし、今の日本は、瀕死《ひんし》の重病人に似ています。このままいけば、日本は、アメリカ軍によって、徹底的に叩き潰されますよ。そんな重病人の、日本に対して、われわれが、わざわざ、偽物の信任状を、作ったりすると思いますか？　今、停戦を必要としているのは、重慶政府より日本の政府なんじゃありませんか？』

『そうかも知れないな』

『それならば、この信任状を信用してください』

『確かに、あなたのいう通りだ』

と、私は、いった。

高周元氏は、強力な無線機も、二台、持ってきていた。

『よくそんなものを、上海から、運んできましたね？』

私が、感心すると、

『私は、南京政府の汪精衛院長の代理を務めている人間だと、いったら、日本陸軍の偉い人が、飛行機で、東京まで、一緒に運んでくれたんですよ』

と、いう。

『その無線機で、どこと、連絡を取るんですか？』

と、私が、きくと、

『これがあれば、重慶政府の、蔣介石主席や、重慶政府の要人たちと、連絡が取れます』

と、いったが、続けて、

『信用できる日本人と、話し合うことができれば、この無線機を使って、重慶政府と、連絡を取りますが、信用できる日本人に会えなければ、これを壊して、上海に帰るだけです』

『あなたを、上海から東京まで、飛行機で連れて来た日本軍の将校は、信用できるんじゃありませんか？』

『それは、私が、南京政府の汪精衛院長の代理だといったから、運んでくれたのですよ。私が、重慶政府の遣いだといったら、多分スパイ扱いにして、逮捕されていたでしょうね』

『それでは、あなたは、誰に会いたいんですか？』

『私は、日本の軍人は信用できません。ですから、できれば、軍人ではない、日本政府の要人か、さもなければ、皇族の方に、会いたいと思っています』

と、高周元氏が、いった。

『どうして、日本の皇族に会いたいんですか？』

『私が、本当に、いちばん信用しているのは、日本の天皇です。その次に、皇族を信用します』

高周元氏が、いった。

東条暗殺計画、実際には、東条辞職計画なのだが、その計画に、賛同した人たちの中に、皇族のN殿下がいる。

そこで、私は、浅井さんに、連絡を取って、N殿下に、何とかして、ここにいる高周元氏のことを、話してもらえませんかと、頼んだ」

「昭和十九年十一月十五日。

浅井さんが、皇族のN殿下を連れて、私の店『料亭さくら』に来てくれた。

上海から飛んできた高周元氏、立花健一郎、それから、私を含めた五人で、夕食を取りながら、話がすすめられた。

その席で、浅井さんが、

『外務省は、相変らず、ソビエトに仲介を頼んで、アメリカ、イギリスなどとの和平を考えている』

と、いうと、高氏が、突然、険しい表情になって、

『それは危ない』

と、いった。

『どうして、危ないと思うんですか？』

と、皇族のN殿下が、きいた。

『私が、上海で聞いた、短波放送によれば、ソビエトのスターリンは、演説の中で、日本は、侵略国であると、演説しているんです。これが、何を意味するのか、もちろん、あなた方にも、お分かりになるでしょう』

『スターリンは、中立条約を破る理由を、今、作っているんじゃないですか。日露戦争によって、ソビエトは、樺太《からふと》の半分を、奪われてしまった。それで、日本を侵略国と呼んでいる。これから、満州・樺太・千島に攻め込む理由を作っているんだと、思いますね』

と、私が、いった。

高氏が、頷いて、

『日本は、そんな危険なソビエトに、どうして、和平の仲介を、頼むんですか？　そんなことをすれば、スターリンに、足元を、見透かされてしまいますよ』

『しかし、ほかに、和平を頼む相手がいなくてね』

と、浅井さんが、いった。

『それなら、私の話を、ぜひ聞いてください。これが、たぶん、日本にとって、最後の希望になるはずです。もちろん、私が、連絡を取っている重慶政府の蔣介石主席にとっても、最後の、チャンスになると、思っています。このままいけば、アメリカは、大攻勢をかけて、日本を、徹底的に叩こうと、しますよ。そのうえ、ソビエトが、攻め込んできたら、日本は、間違いなく壊滅します。そうなる前に、私は重慶政府を代表して日本を助け、同時に、ソビエトによって、満州などが攻め込まれるのを防ぎたいと思っています』

『それで、あなたが、持ってきた停戦の条件は、どういうものですか？』

皇族のN殿下が、きいた。

『第一の条件は、日本軍の、無条件完全撤退です。それが実現すれば、その時、重慶政府の蔣介石主席も、支那の人々も、日本を信用するでしょう。それから、次は、満州ですが、ここからも、日本の軍隊および日本人は撤退すること。その安全は、国民政府軍が約束します。ただし、満州からの撤退に際しては、国民政府軍とだけ、交渉すること。それができれば、日本軍および日本人が去った、満州には、国民政府軍が、すぐに入って、安全、治安を確保することができます』

立花健一郎が、真剣に、聞いたのは、

『日本によって作られた、南京政府の汪精衛院長や関係者の安全は、保障されますか？』

『昨夜、私に届いた電報によると、汪精衛氏は、すでに、亡くなったそうですよ。それから、上海にある南京政府は、自主的に解散します。その後、上海に、国民政府の上海事務所を作ります。所員が、南京政府の関係者であっても構いません。その上海代表部が停戦を確認し、日本軍が、支那から撤退するのを確認します。そうすることによって、南京政府に籍を置いた人たちの安全が、保障されます。日本政府が、この提案を受け入れて下されば、私は、ただちに、この無線機を使って、重慶政府に、その旨、連絡します』

と、高氏が、いった。

『あなたは、前に、日本で一番信用できるのは、天皇陛下だといわれたそうだが、今も変りませんか？』

浅井さんがきくと、高氏は、間を置かず、

『全く、変っておりません』

そのいい方に、N殿下が、微笑され、

『どうして、陛下が一番信用できるんですか？』

『天皇は、嘘をつかない。人を欺さない。だから、一番信用できるのです』

『しかし、陛下に、直接会うことは、無理ですよ』

『それなら、天皇が一番信頼している政治家に会わせて下さい』

と、高氏が、いう。浅井さんは、N殿下に向って、

『日支間の停戦のような大きな問題は、やはり、小磯首相に話すのが筋ですが、殿下は、高周元さんの提案を、信用されますか？』

と、きくと、N殿下は、こう答えられた。

『私は、高周元氏の話に感銘を受けました。信用できると思います。その理由をいいましょう。現時点での日支の停戦は、支那のためでもあると同時に、日本のためでもあるからです。日本は、アジアの解放のために、今回の戦争を始めましたが、残念ながら、アジア諸国の信頼を失いつつあります。今、無条件に支那大陸から、軍隊を撤退し、停戦すれば、再び、アジア諸国の信頼を取り戻すことが出来るからです』

N殿下の言葉に続けて、高氏が、いった。

『もし、日本が、アメリカ、イギリスなどと、先に停戦してしまうと、支那は、脇役になってしまい、戦後の世界で、主導権を握れなくなってしまいます。支那のためにも、日本との停戦は、急ぐ必要があるのです』

私は、高氏は、正直だと思った。確かに、今、日本は、沈没寸前だ。ここへ、ソビエトが参戦したら、日本は、無条件降伏に追い込まれてしまう。

そのことは、支那の国民政府にとっても、歓迎できない事態だろう。ソビエトが満州を占領して、それを、支那共産党軍に引き渡してしまったら、国民政府は、勝者なのに、満州を失いかねない。

『われわれで、小磯首相を説得しましょう』

と、N殿下が、浅井さんに、いった」

「昭和十九年十一月二十日。

N殿下と、浅井さんの説得が、功を奏したのか、小磯首相が秘書官を連れて、わざわざ、私の料亭に、高氏を訪ねて来てくれた。

しかし、首相の話を聞いたとたんに、事態はそれほど、楽観的ではないことが、分かった。

小磯首相は、

『私は、N殿下の話を聞いていて、この機会を、逃してはいけないと、考えました。それで、直接、高氏から話を聞くべく、伺ったのですが、実は、陸軍大臣、海軍大臣の二人が、この話に、大反対なんですよ。それだけではなくて、外務大臣も、高氏という人間は、信用ができないと、いっています』

『どうして、その三人は、高氏の提案が信用できないというんですか？』

私は、少しばかり、腹が立っていた。

『それがですね、こういう反対の理由なんですよ』

と、小磯首相に同行した秘書官が、私に、いった。

『高氏の経歴を、調べたところ、アメリカの大学を卒業している。同期生には、現在、アメリカ陸軍で、情報将校をやっている人間が、いるというんですよ』

『それが、高氏のことを、信用できない理由なんですか？』

私は、バカバカしくなってきた。

『そんなことをいえば、私だって、アメリカの大学を、卒業していますよ』

と、私は、いってみたが、秘書官は、

『確かに、それは、そうなんですけどね、三人の大臣は、口を揃えて、高氏を批判しています。高氏は、国民政府の依頼を受けて、わが国に、停戦の話を持ち込んできた人物だが、しかし、実際には、日本の政治情勢や、社会状況、それに、日本の軍隊の様子などを調べて、それを、無線を使って、大学の同窓生である、アメリカの情報将校に、知らせているのではないのか？　そんな、恐れのある男は、絶対に、信用してはいけない。裏切られてしまうに決まっているといっているんです』

『三人の大臣は、いったい、何を、考えているんですかね』

私は、怒るよりも、悲しくなってきた。

冷静に考えて欲しいのだ。このままでいけば、日本は、間違いなく滅亡する。まもなく、B29による、日本本土の空襲が始まるだろう。日本の都市は、全て、廃墟になってしまう。

そうなる前に、和平に持っていかなければ、ならないのである。

現在、日本政府は、ソビエトを、仲介役にした和平を、考えているというが、実現の可能性は、限りなく、ゼロに近いだろう。何しろ、スターリンは、日本を侵略国だと、決めつけているのだ。そのスターリンに、和平を仲介する気持など、これっぽっちもないだろう。

こう考えたら、今、何をすべきか、はっきりする。まず日本は、重慶政府と停戦し、支那本土と、満州国から、無条件で軍隊を全て、撤退させる。日本を救う道はこの一つである。

とにかく、支那と停戦し、そのあと、直接、アメリカ、イギリスと、停戦する。それが、唯一、日本を救う道であることは、間違いない。こんな簡単なことを、なぜ、三人の大臣は、分からないのだろうか？

ただ一つ、小磯首相が、乗り気でいることが、今のところ、唯一の救いである。

『私は、あなたを信用します。日本帝国を、代表する首相として、重慶政府の蔣介石主席と、停戦の話し合いをしたいと、思っています。その旨を、蔣介石主席に、伝えて下さい』

小磯首相が、高氏に、いうと、すぐ、高氏は、持ち込んでいた無線機を使って、重慶政府と、連絡を取った。

連絡が終わった高周元氏は、小磯首相に向って、

『小磯首相の言葉を、重慶の、蔣介石主席に伝えました。蔣介石主席は、こういっています。覚書を取りかわす前に、支那大陸からの、日本軍の、無条件撤退を、実行していただきたい。今まで、日本には裏切られてきたからです。そのあと、上海にある南京政府を解散させ、それを、重慶政府の窓口に変えてもらいたい。満州からの、日本軍と日本人の、引き揚げも実行する。それも、早急に実行すること。蔣介石主席は、そう、いっていました』

『分かりましたが、それには、時間がかかりますよ。日本軍は、広い支那大陸に散らばって、いますからね。満州国も同様です。支那大陸に、あるいは、満州国にいる軍隊を、全て撤退させるには、かなり時間がかかります。それは、了解してほしい』

『もちろん、蔣介石主席も、そんなに、簡単に撤退ができるとは、思っていません。ただ、間違いなく実行されることを証明していただきたい』

『私は、こうして話し合って、あなたが信用できる人物だと、納得しました。これから帰って、陸軍大臣、海軍大臣、それに外務大臣を説得するつもりです。N殿下にも、

協力して貰います。理由を挙げて、説得すれば三人も、賛成してくれるものと、期待しています』

そういって、小磯首相は、秘書官と、帰っていった。

『これでひとまず、ホッとした』

私がいうと、立花健一郎も、

『私もです。これで、高先生をここにご案内した甲斐がありました。私は、日本と支那が仲良くなってほしいと願っているのです。私は、南京政府にいながら、重慶政府のスパイといわれてきました。この停戦が成功すれば、大手を振って、支那に帰れますが、もし、失敗に終わると、行き場所を失ってしまいます。高先生は、何としてでも、停戦を実現したいので、あと一週間、日本に滞在すると、おっしゃっています』

その言葉に、私は感動し、鎌倉市内の古い旅館に、高氏を案内した」

「昭和十九年十一月二十一日。

今日は、日記を書くことが難しい。正直にいえば、書きたくない。

しかし、書き残すべきだろうと思い、ペンを走らせる。

昨夜遅く、何者かによって、高周元氏が、殺されたのだ。

その場で、あろうことか、犯人として、憲兵隊が、立花健一郎を逮捕し、連行していった」

「昭和十九年十一月二十四日。

B29約八十機による、東京初空襲」

「昭和十九年十一月二十五日。

やっと、立花健一郎が、釈放された。この釈放にも、N殿下の尽力があった。

N殿下自ら、陸軍憲兵隊に行って、立花健一郎のために、いろいろと弁明して下さったのだ。

それで、やっと、彼は、釈放されたのだが、高周元氏の突然の死によって、日本にとっての最後のチャンスが、失われてしまった。希望の道が、閉ざされてしまった」

「昭和十九年十二月三日。

B29、約七十機による、東京空襲。

鎌倉から見ていた私は、焼夷弾攻撃によって東京方面の空が、真っ赤に、染まっているのを見た。
たぶん、これから、地獄が始まるのだ」
「昭和二十年二月十九日。
Ｂ29、約百二十機による東京空襲」
「昭和二十年二月二十三日。
Ｂ29、約百三十機、東京空襲」
「昭和二十年三月四日。
Ｂ29、約百五十機、東京空襲」
「昭和二十年三月十日。
Ｂ29、約百三十機、東京空襲。
焼夷弾攻撃によって、この日、何万人もの人間が、死んだ。
浅井さんからの、連絡によると、彼の親しい、警視庁の巡査に聞いたところ、東京の下町は、焼夷弾攻撃によって、広い範囲にわたって、猛火に包まれた。

朝になって見に行くと、町中の至るところに、無残な焼死体が、ゴロゴロ転がっていたという」

「昭和二十年三月十一日。

B29、約百三十機、名古屋空襲」

「昭和二十年三月十三日。

B29、約九十機、大阪空襲。

こうして、日記を改めて見直すと、今や連日のように、B29による爆撃が続いている。

焼夷弾攻撃による、無差別爆撃によって、そのたびに、何千人、何万人の市民が、死んでいくのである」

「昭和二十年四月一日。

アメリカ軍が、沖縄本島への上陸を、開始した。

とうとう、私が恐れていた、その日が、来てしまった。

沖縄から、伸幸の最後の手紙が届いたのは、三日前である。

ハガキには、沖縄の景色が、描いてあって、そこに一行、『沖縄の空は、青くてきれいです』とだけ、書いてあった。

サイパン、テニヤン、そして、硫黄島の日本軍は玉砕した。

沖縄でも、おそらく、玉砕戦法が取られるだろう。息子の伸幸が生きて帰ってこられる確率は、残念だが、ゼロだろう。

なぜ、片足が生まれつき不自由で、走ることのできない伸幸が、召集され、沖縄に送られたのか？

やはり、私のせいなのか？　私が、東条首相の暗殺計画（実際には、東条首相の辞職計画）に、参加したから私への見せしめとして、一人息子の伸幸を召集したのだろうか？　それとも、アメリカでの発言のせいなのか？」

「昭和二十年四月五日。

ソビエト、日ソ中立条約を延長せずと、日本に、通告してきた。やはり、ソビエトは機会を見て、ソ満国境から満州に侵攻してくるに違いない。

もし、その前に、日本と支那との間に、停戦協定が、結ばれていたら、ソビエトが、中立条約を破って、攻撃してくることも、なかったろう」

「昭和二十年四月十二日。

B29、P51、約百機、関東に来襲」

「昭和二十年四月十三日。

B29、約百七十機、東京を夜間空襲」

「昭和二十年四月十五日。

B29、約二百機、京浜地区空襲。

日本本土に、空襲による焼け野原が広がっていく。

空襲は恐ろしい。一般の市民が、立ち向うことができないからだ。何も抵抗できず、ただ一方的に殴られている。そんな感じがする」

「昭和二十年五月七日。

ドイツが、とうとう、無条件の降伏をした」

「昭和二十年五月二十五日。

B29、約二百五十機、東京空襲。

宮城も、炎上したとある」

「昭和二十年六月一日。

B29、約四百機、大阪空襲」

「昭和二十年六月五日。

B29、約三百五十機、阪神地区に来襲」

「昭和二十年六月十二日。

沖縄守備隊からの通信、途絶」

「昭和二十年七月五日。

Ｂ29、約二百五十機、姫路《ひめじ》、高松《たかまつ》、徳島《とくしま》を空襲」
「昭和二十年七月六日。
Ｂ29、約二百機、甲府《こうふ》、千葉《ちば》空襲」
「昭和二十年七月十日。
アメリカ機動部隊の飛行機、約千二百機、関東を空襲。
このままいけば、アメリカ軍は遠からず、本土に上陸してくるだろう」
「昭和二十年七月十三日。
Ｂ29、約三百三十機、関東、東海を空襲」
「昭和二十年七月十九日。
Ｂ29、約百五十機、日立《ひたち》、銚子《ちょうし》を空襲。
艦載機、約一千機、東北各地を爆撃。
完全に、日本全土の制空権を、アメリカに握られてしまった。あの三浦技師のいった通りだ。日本の戦闘機は、迎撃できず、高射砲は届かない」

「昭和二十年八月二日。

B29、鶴見《つるみ》、川崎《かわさき》、水戸《みと》、八王子《はちおうじ》、長岡《ながおか》、立川《たちかわ》、富山《とやま》を約八百機で空襲」

「昭和二十年八月五日。

B29、約四百機、前橋《まえばし》、西宮《にしのみや》、宇部《うべ》空襲」

「昭和二十年八月六日。

広島《ひろしま》に特殊爆弾が投下される。

広島に投下された特殊爆弾は、おそらく原子爆弾だろうと、浅井さんが、私に教えてくれた。

密かに短波放送を聞いていると、向こうは、原子爆弾と、いっているらしい。たった一発で、十万人もの人間が、死んだという。恐ろしい」

「昭和二十年八月九日。

だという。

長崎《ながさき》に、二発目の原爆が投下された。そして、一瞬にして、約七万人の市民が死ん
私は、分からなくなってしまった。

私が領事として、アメリカにいた時、日本とアメリカの間で、戦争が始まり、私は、抑留された。

アメリカの司法省は、私や大使や政治家などを、尋問した。その時、私は、尋問に対して、こう答えた。

『この戦争は、植民地支配から、アジアを解放するための、戦争である。思想戦争である。しかし、日本は、それに失敗する。なぜなら、日本は貧しい国だからだ。戦略物資を、占領地区から奪うが、代りに、相手に与えるものがない。日本軍が占領した時には、歓呼で迎えられるが、逆に、反感を持たれるようになり、憎まれ、そして、戦争に敗北する。アジアの解放は、日本ではなくて、アメリカが、成し遂げるだろう。アメリカは、豊かな国であり、日本とは、反対に、奪うものがなくて、与えるものが、多いからだ。私は、それもいい。アジアが解放されるから』

私は、そういったのである。

私は、アメリカという国が、好きだった。

イギリスやオランダといったヨーロッパ諸国が、植民地を、持っていたのに、アメリカは、フィリピンの独立を承認し、戦争が始まった時、植民地を一つも、持っていなかった。

アメリカは、植民地を、持っていないということで、私は、全く新しい民主国家で、アジアを解放する国家だと、考えていたのだ。

しかし、連日のように、Ｂ29による焼夷弾攻撃が、始まって、何万何十万もの日本人が死んだ。広島と長崎に、原子爆弾が投下され、一瞬のうちに、広島で十万人、長崎で七万人の人間が、死んだ。

これが、私が信頼し、憧れたアメリカなのだろうか？」

「昭和二十年八月十日。

すでにかなり前から、『料亭さくら』でも、食材が手に、入らないようになり、普通の料理は、出せなくなっている。

幸い、庭が広いので、そこに、サツマイモを植え、ジャガイモを植え、野菜を育て、いわゆる代用食を、何とか、料理人の手で、おいしく作り、それを、客に提供するようになっていた。

それでも、その量が少ないので、どうしても、店を休まなければならない日が、次第に多くなっていった。

この日は、幸い、たくさんの人たちが、集まってくれた。政治家もいたし、役人もいたし、軍人も、学生もいた。そして、みんなが、広島、長崎に投下された、特殊爆弾のことを口にした。

その中で、日本通信社の課長が、こんなことをいった。

『今、B29が、日本中の都市を、毎日のように、爆撃しているでしょう？　大変な被害を受けているけれども、その都市にある、全ての電話が、ダメになることは、一度も、なかったんですよ。一つか二つは、残っていて、その都市の被害の状況を、東京の本社に、知らせてきていました。しかし、広島と長崎の場合は、全く、違いましたね。一瞬にして、全ての通信が、ダメになってしまったんです。ウチは、世界の通信を、短波で受信して、その内容を、政府に伝えているのですが、これは、間違いなく、原子爆弾ですよ。軍部は、特殊爆弾だといっていますが、原子爆弾です。内務省に問い合わせたところ、広島では、死者約十万、負傷者、約十三万、長崎では死者約七万、負傷者、約五万といっていました。たぶん、広島も長崎も、一瞬にして、町が消えてしまったと思います』

『それが事実なら、アメリカに、抗議したほうがいい。いかに戦争だとはいえ、こんな、非人道的な武器が、使われていいわけがない。これだけ多くの、何の罪もない市民が、死んだことを、できれば、写真に撮って、世界中に知らせるべきだ』

私が、いうと、浅井さんも賛成し、

『どうして、外務大臣は、抗議しないのだろう？』

と、いった。

その場に、外務省の役人がいたので、彼に向って、

『私も、このことは、絶対に、世界中に発信すべきだと思う』

と、いうと、彼は、

『もちろん、大臣は、そうしたいのですが、それが、できないのですよ』

と、いう。

『何故？』

『実は、軍部が、反対なのです。軍部としては、広島、長崎の被害を、なるべく小さく発表したいのです。そうしないと、国民の士気が、下がってしまいますからね。いまだに、原子爆弾という言葉を、使わず、特殊爆弾といい、こうした爆弾が落ちても、白い布を、頭から被っていれば大丈夫だと、軍部は、いい続けています。原子爆弾と

は、絶対に認めようとしないし、被害は、小さいといい続けていますから、その悲惨さを世界に示すわけにはいかないのです』

その場には、放送局のアナウンサーがいた。以前、私と、東条首相が、対談をした時、テープに、録音した、あのアナウンサーである。

彼が、私に向って、いった。

『あなたが対談の時、東条首相に向っていった言葉を、今でも、私は、はっきりと覚えていますよ。長谷見さんは、アメリカで、抑留中、アメリカ司法省の役人に対して、この戦争はアジア解放のための戦いで、思想戦である。しかしながら、日本は、貧しい国なので、結果的にアジア諸国から、最後には、反感を持たれてしまうだろう。代って、アジアを解放する国は、豊かなアメリカである。確か、そういわれましたよね？　そのアメリカが、原子爆弾を、広島と長崎に落して、十何万もの人間を、一瞬のうちに殺しているんです。長谷見さんは、これでもアメリカは、アジア解放の役目を、果たせると思われますか？』

彼の言葉に、私は、一瞬、答えに、窮してしまったが、しばらく考えてから、今の気持を口にした。

『私は、領事として、アメリカにいました。アメリカという国を、自分なりに、理解しているつもりでした。イギリスやフランスやオランダやドイツや、そういう、古いヨーロッパの国とは、違う。古いヨーロッパの国は、植民地を、支配し搾取して、栄華を、極めていました。しかし、アメリカは、長年イギリスの植民地だったのだが、独立戦争で、勝利を勝ち取り、成立した、新しい国です。今回の戦争が始まる以前に、アメリカは、フィリピンに、独立を承認し、唯一、植民地を持たない、きれいな、国家だった。国民は、開放的で、世界一豊かな国家でも、あります。日本が、この戦争に勝つ、負けるは、別にして、アジアは、植民地から解放され独立するでしょう。しかし、それは、日本の力では、ありません。日本は、貧しい国ですから、アジアの国々から戦争に必要な物資を奪ってしまいます。アメリカには、その必要が、ありません。それで、私は、アメリカに期待していたのですが、なぜ、豊かで、寛容なデモクラシーを、標榜《ひょうぼう》するアメリカが、小さな国、日本に対して、原子爆弾を二回も使ったのだろうか？　強大な力を持った国家というのは、考えてみれば、たぶん、相手の痛みが、分からないのでしょうね。それが、私の結論です』

放送局のアナウンサーに、私は、そう答えるより仕方がなかった」

「昭和二十年八月十五日。

長い戦争が終わった。

日本の国は、この敗戦によって、何を得、何を失ったのだろうか？

そして、私自身は、何を得、何を失ったのだろうか？」


「昭和二十年十月二十日。

太平洋戦争が終わって二ヵ月、どうにか、『料亭さくら』が復活した。

今日は、アメリカの将校たちが大勢、食事にやって来た。

日本名、立花健一郎、中国名、荘舜英は、戦争が終結した時以来、その行方が、分からなかった。

今日、やっと、その彼から手紙が来た。その手紙を、ここに書いておく。

『長谷見大人、連絡が遅れて申し訳ありません。

私は、敗戦の混乱にまぎれて、何とか日本人、立花健一郎として生きていくことができるように、なりました。

私は、間もなく結婚します。相手の女性は日本人です。

彼女には、私の過去を、一切、話さないことにします。

私は、戦争中、南京政府の汪精衛院長の秘書官として、時には、重慶政府の、スパイとして、母国のため、また、日本のために、働いたつもりでおりますが、今となっては、そうしたことは全て、歴史の闇の中に消えてしまいました。

今、私が、荘舜英と名乗れば、たぶん、中国政府によって逮捕され、裏切り者として処刑されてしまうでしょう。

それを、別に、悔しいとか、悲しいとかは、考えないことにしています。

長谷見大人には、また、連絡の手紙を差し上げます』

私は、この手紙を、読み終わった時、自然に涙が、溢《あふ》れて止まらなかった。

彼が、私のところにいる間に、日本と支那との間に、停戦協定ができ、日本軍が、無条件に、支那大陸、満州から、撤兵していたらどうだっただろうか？

その端緒を、彼が作ったとすれば、今、彼は、中国政府から、英雄として歓迎されているだろう」

「昭和二十一年六月二十一日。

一年前の今日、私の息子、伸幸が、沖縄で戦死した。

私にとっては孫、そして、亡くなった伸幸にとっては長男の男の子は、今、六歳になる。名前は伸一郎。

それでも、伸幸を失った悲しみは、永遠に消えそうもない。

考えてみれば、私が、東条首相とケンカをし、彼の恨みを買い、その上、グループを作って、東条首相の辞職計画を、推進しようとしたために、伸幸は、突然、召集され、沖縄で戦死してしまったのである。

伸幸が死んだのは、間違いなく、私のせいだ。そのことを、伸幸は、どう考えていたのだろうか？

足が悪く、走ることのできない伸幸は、兵士ではない。それを、無理矢理沖縄に連れていって、戦死させた。彼は、どんなにか、悔しかったことだろう。

なぜ、こんなことに、なってしまうのか。もし、伸幸が、今も生きていたら、間違いなく、彼は、天才画家として、平和な日本で、思う存分、絵を描き、その才能を、開花させていたことだろう。

私に、分からないのは、伸幸は、恨みがましい手紙を残さず、また、怒りを込めた激しい絵を、一枚も残さずに、死んでしまったことである。

私に対する、怒りでもいいし、自分を、無理矢理、召集した、当時の政府や国家に対する、怒りでもいい。それを示すような絵を、一枚でも残しておいてくれれば、私の悲しみも、少しは和らいでくれるのに、なぜ、伸幸は、何も残さずに、死んでしまったのか？　私には、それが悔まれてならない」

「昭和三十年八月五日。

私は今、ガンに、冒されている。このことは、まだ、誰にも話していない。

幸い、『料亭さくら』は、戦死した伸幸の妻、八重子と、私の妻、もうおばあさんだが、富美子《ふみこ》の二人で、これからも、何とかやっていけるだろう。

孫の伸一郎は、あと五年で二十歳になる。

明日十年ぶりに、立花健一郎が、私を訪ねてくるという。

電話の中で、私が、希望があったら、遠慮なくいってほしい。私にできることなら、何でもしてあげたいと、いうと、彼は、一つだけ、希望を口にした。

一度だけでいいから、母国中国に、帰ってみたい。

彼は、そういった。

しかし、今でも、母国に、帰るのが、怖いとも、いった。

私は明日、彼に会ったら、私の、この日記を、彼にあげようと、思っている。この日記を読めば、彼が、母国中国にとって、裏切り者などではなく、愛国者であることが、よく分かると思うからだ」

2

ここで、明の曾祖父、長谷見裕太郎の日記は、終わっている。

三回にわたって開かれた、戦争と平和に関する座談会が、三冊の本になった。それが、かなり売れて、社長は喜び、編集長も、喜んでいる。

ただ、喜べない問題が、一つだけ、残っていた。

それは、この座談会に、関係していたノンフィクション作家、渡辺浩が殺されたことである。犯人は、まだ捕まっていない。

この事件は、何となく、長引きそうだと、明は、思っていたのだが、二日後、簡単に犯人が、逮捕されてしまった。いや、正確にいえば、自首してきたのである。

犯人の名前は、大河内《おおこう》薫《ちかおる》。四十九歳の男である。もちろん、明の、全く知らない、名前だった。

この殺人事件を、担当していた十津川警部が、わざわざ、社までやって来て、明と編集長に、事件の経過を、説明してくれた。

「大河内薫という四十九歳の男が、なぜ渡辺さんを殺したのですか？　何か、個人的な恨みでも、あったのでしょうか？」

と、編集長が、きくと、十津川は、

「この男の父親は、大河内勝男《かつお》といって、中国戦線で、五年間にわたって戦い、昭和十八年に帰国した、傷痍《しょうい》軍人でした」

「その父親が、今回の殺人事件に、関係しているのですか？」

と、明が、聞いた。

「そうです」

と、十津川が、いう。

「しかし、戦争中、中国戦線で、五年戦い、負傷して傷痍軍人だったとすれば、その人は、もうすでに、亡くなっているのでは、ありませんか？」

「ええ、そうです。確かに、すでに亡くなっています」

「そういう人が、今回の殺人事件に、どう関係しているのですか？」

「昭和十九年、上海から、高周元という中国人が、東京にやって来て、日本と中国との間で停戦協定を結ばないかと、日本政府に、申し出たことは、ご存知ですか？」

十津川が、きいた。

明は、肯いて

「ええ、私が読んだ曾祖父の日記の中に、そのことが詳しく書いてあったので、その件はよく知っています。確か、日本にとって、最後の和平へのチャンスだったんですよ。日本は中国、当時は、支那といっていましたが、まず、日本軍は、無条件で、支那大陸から撤兵する。満州からもです。そして、その支那と、休戦協定を結ぶ。そうすれば、重慶政府、当時は、蒋介石が主席でしたが、停戦に応じる。そうしておいてから、アメリカと和平問題を、協議すればいい。私の曾祖父は、そんなふうに考えて、高周元を接待し、また、鎌倉の旅館に、案内して、そこに、泊まってもらったのですが、その夜、高周元は、何者かに殺されてしまい、この停戦は、空中分解してしまったんです」

「その犯人が、今いった、大河内勝男だったんですよ」

「しかし、その大河内勝男が、なぜ、高周元を殺したのですか?」

明が、きくと、十津川は、ポケットから、一通の封書を取り出した。

その表には、筆で大きく、「斬奸状《ざんかんじょう》」と書いてあった。

「これは、その時の犯人、大河内勝男が書いたもので、高周元を殺してから、その枕元に、置いておくつもりだったといっています。しかし、この件に、当時の皇族が関係しているのを考えて、置いておくのを止めたと、大河内勝男は、生前、息子の薫に、いっていたそうです」

明は、編集長と一緒に、その斬奸状を読んだ。

〈最近、日本帝国の戦況が、逼迫《ひっぱく》するにつれて、日支間の和平を売り物にする、ブローカーのごとき、不埒《ふらち》な支那人が、何人も、日本に、やって来ている。

今回、上海から、日本にやって来た高周元なる男も、そうしたブローカーの一人であるに、すぎない。

したがって、彼の口車に乗ることは、日本帝国の命運を、危うくすることであり、ましてや、帝国の政府あるいは、軍人が、高周元と話し合うことは、極めて危険であり、絶対に阻止しなければならない。

高周元の目的は、明らかである。

一、彼は、和平を、エサにして、日本帝国に極端な、譲歩を要求する。

二、日本と支那の間に、彼らのいう停戦が実現すれば、蔣介石は、勝者の立場になり、逆に、日本帝国は、敗者の立場に立たされてしまうだろう。

私が知るところでは、高周元が、提示した停戦は、一方的に、日本軍の支那大陸からの撤退を要求し、それが、実現した場合の保証は、何一つない。

高周元は、和平を売る、ブローカーであり、また同時に、日本を敗北に導く、スパイでもある。

高周元との、話し合いにおいては、わがほうが、必要とする支那政権の情報を得ることは、難しく、逆に、日本帝国の弱点を暴露し、また、政治的、軍事的な弱点を、重慶政府およびアメリカ、イギリスに通報する危険があると思わざるを得ない。

それにもかかわらず、日本の政府は、ややもすれば、高周元の口車に乗せられ、日本帝国を、危険にさらそうとしている。

私は、皇軍兵士の一人として、この危険を見逃すことはできず、ここに、危険な存在としか思われぬ、高周元なる支那人に、天誅《てんちゅう》を加えるものである〉

3

「大河内勝男の息子は、亡くなった父親から、この手紙を見せられ、自分は、日本帝国のために、敢えて、この中国人を殺した。それも、全て国家のためであり、今でも後悔はしていないと、いつも聞かされたそうです。一人息子の大河内薫は、その父親の言葉を信じて、今まで生きてきました。そして、このことは、永久に秘密であるともいわれていたそうです。ところが、ここにきて突然、渡辺浩というノンフィクション作家から、電話があったというのです。電話の中で、渡辺さんは、高周元が殺された事件について、自分は、興味を持っているといったといいます。ぜひ、会いたいといわれ、大河内は、自分は今、九州に住んでいるので、東京には行けないと断ったところ、渡辺さんは、東京にホテルを予約しておくから、できれば、ぜひ来て貰いたい。もし、あなたが、東京に来られず、あなたの、証言がなくても、私は、この事件について、書くつもりだといったというのです。大河内の話によると、渡辺さんの、口ぶりから、亡くなった父親が、和平の邪魔をした。そのおかげで、東京や大阪は、焦土となり、広島、長崎に、原爆が落されることになった。そういう趣旨のことを書くというので、それは、絶対に止めなくてはいけない。尊敬する父を、絶対に悪者には出来ない。そう思って、大河内は、東京に行ったと、いうのですよ。その時、万一に備えて、父親の形見の短刀も持っていったというのです」

「それで、東京で渡辺さんと会い、話し合いになったのですね？」

明がきき、編集長は、

「この手紙は、渡辺さんに見せたのでしょうか？」

と、きいた。

「ええ、大河内は、それを持って上京し、渡辺さんに見せたそうですよ。それを見てもらえば、亡くなった父が、愛国者であり、国を愛するあまり、中国人の高周元を刺してしまった。その気持を、理解してもらえるだろうと、思ったそうです。ところが、渡辺さんは、その手紙を読むなり、君の父親は、何とバカなことをしたんだ。おかげで、停戦もできず、日本はその後、悲惨な敗北の道を歩むことになった。そういわれて、大河内は、思わずカッとして、背後から、渡辺さんを刺してしまった。そういっています」

と、十津川が、いった。

4

明は、今、複雑で、不思議な気分に襲われている。

六五八年、十九歳の有間皇子が、父、孝徳天皇が、蘇我氏と親しかったため、戦争の邪魔になると、思われて、罠にかけられて、殺されてしまった。

一九四三年、二十五歳の若き天才画家、長谷見伸幸は、東条首相を、怒らせた父親の身代わりの形で、生まれつきの身障者だったにもかかわらず、突然召集され、沖縄で戦死してしまった。

二〇〇八年、四十九歳の大河内薫は、殺人を、犯して逮捕された。

彼は、戦争に、絡み、国家のためを思って、殺人を犯した父親の、名誉を守ろうとして、殺人を犯して、逮捕されたのである。

三人の男は、なぜ、二人は死に、一人は殺人を犯したのだろうか？

時代が、三人の男に、そうした運命をあたえたのだろうか？

長谷見明は、今、漠然と、そんなことを、考えている。

参考資料

外務省編纂『日本の選択　第二次世界大戦終戦史録』上巻・中巻・下巻
『実録・日本陸軍の派閥抗争』谷田勇
『図説　地図とあらすじで読む万葉集』坂本勝監修
『古事記・日本書紀を知る事典』武光誠
『日本の歴史03　大王から天皇へ』熊谷公男
『飛鳥　古代を考える』井上光貞・門脇禎二
『飛鳥資料館図録28　蘇我三代』奈良国立文化財研究所飛鳥資料館
『昭和史』半藤一利

☆西村京太郎年譜☆

山前　譲・編

昭和五（一九三〇）年

九月六日、東京・日暮里に生まれ、東京・荏原区小山町（現・品川区小山）で育つ。本名は矢島喜八郎。弟二人、妹一人の四人兄弟妹の長男。父は栃木県生れの菓子職人で、「矢島せんべい」というお菓子屋を日本橋で営んでいたこともある。母は東京生れで、御家人の娘だった。

昭和十二年（一九三七）年　**七歳**

武蔵小山の小学校に入学。運動は得意ではなく、けんかには必ず負けていたが、手先が器用だったのでメンコとベイゴマは強かった。また、幼い弟や妹の子守をしながら、トンボとりを。「少年倶楽部」に連載された江戸川乱歩の〝怪人二十面相シリーズ〟や吉川英治『神州天馬俠』を読んでいたが、小学五年生くらいなるとそれでは物足りなくなり、近くの古本屋で土師清二『砂絵呪縛』や小島政二郎『三百六十五夜』といった大人向けの小説を買ったりした。

昭和十六（一九四一）年　　十一歳

十二月八日に日本が米英と戦争状態に入ると、手帳に世界地図を手書きして、日本が占領した場所に日の丸を書き込んだりした。桜井忠温『肉弾』などの軍事小説を読む。

昭和十七（一九四二）年　　十二歳

食糧事情が悪くなり、冬休み、栃木の佐野にいた父の親戚のところに、一時疎開した。田舎暮らしに馴染めず、甲賀三郎の探偵小説『姿なき怪盗』など、家に閉じこもって読書に耽った。

昭和十八（一九四三）年　　十三歳

四月、東京・大井町にあった旧制府立電機工業学校に入学。目黒駅で貨物線の蒸気機関車を見ていたら、もくもくと煙を吐いている姿が勇ましく感じ、日本の躍進を象徴していると作文に書いたら、コンクールで入選した。江戸川乱歩の大人向け長編を読みはじめる。

昭和二十（一九四五）年　十五歳

四月、七十倍とも百倍とも言われた試験に合格し、第四十九期生として八王子の東京陸軍幼年学校に入学する。第三教育班第五学班（フランス語）に配属。五月二十五日、空襲によって被災し、家族が調布市仙川に転居する。幼年学校も八月二日に空襲をうけ、同期生に戦死者が出た。八月十五日に終戦を迎えたが、その後も毎日訓練をしていて、家族の所に帰ったのは二週間ほど経ってからだった。恵比寿の進駐軍キャンプでしばらく働く。この頃から二十五、六歳にかけて映画をよく観た。

昭和二十一（一九四六）年　十六歳

都立となっていた電機工業学校三年に復学。

昭和二十三（一九四八）年　十八歳

アルバイトをしながら都立電機工業学校を卒業。在学中に臨時人事委員会（同年末に人事院と改組）の職員募集に合格する。午前中は研修、午後は学校という生活を一時期していた。人事院では、新しい公務員制度を作る仕事に携わる。

昭和二十五（一九五〇）年　二十歳

職場内の文学同人誌「パピルス」に参加。この頃は太宰治が好きで、他に志賀直哉、ドストエフスキー、カフカ、カミュ、サルトルなどを読んでいた。同人誌は四、五年つづいたが、発表したのはエッセイ一作だったという。旅好きで、当てのない旅をよくした。

昭和二十九（一九五四）年　二十四歳

アイリッシュの『暁の死線』や『幻の女』でミステリーの面白さを知り、ジョン・ディクスン・カーやE・S・ガードナーらの作品を集中して読んだ。

昭和三十一（一九五六）年　二十六歳

講談社が「長篇探偵小説全集」を刊行するにあたって第十三巻の原稿を募集した。そこに『三〇一号車』を本名で投じたが、予選を通過したにとどまる。入選作は鮎川哲也の『黒いトランク』。

昭和三十二（一九五七）年　**二十七歳**

この年より長編公募となった第三回江戸川乱歩賞に、『二つの鍵』を西村京太郎名義で応募するも、受賞は逃す。ペンネームの由来は、人事院の仲間から姓をもらい、東京出身の長男だから「京太郎」とした。受賞作の仁木悦子『猫は知っていた』がベストセラーとなり、推理小説ブームが訪れる。

昭和三十三（一九五八）年　**二十八歳**

西村京太郎名義の「賞状」で講談倶楽部賞の候補に。

昭和三十四（一九五九）年　**二十九歳**

矢島喜八郎名義の「或る少年犯罪」で講談倶楽部賞の候補に。

昭和三十五（一九六〇）年　**三十歳**

学歴が重視されだした職場に将来の不安を感じていたが、結婚を勧められたのを契機に、三月、人事院を退職する。学歴に関係のない作家を志し、退職金と積立金を給与と偽って母親に渡しながら、午前中は上野の図書館で執筆、午後は浅草の映画館という生活を一年ほどつづける。第六回江戸川乱歩賞に黒川俊介名義の『醜聞』が最終候補に残ったが、この年は受賞作なし。それ以外にも懸賞小説に手当たり次第に応募したものの、なかなか成果は上がらなかった。

昭和三十六（一九六一）年　三十一歳

推理小説専門誌「宝石」の短編懸賞で「黒の記憶」が候補二十五作に入り、二月増刊号に掲載される。しかし、入選には至らなかった。退職金が底をついたため、パン屋で住込みの運転手として働く。

昭和三十七（一九六二）年　三十二歳

読売短編小説賞で矢島喜八郎名義の「雨」で候補に。第五回双葉新人賞に「病める心」が一席なしの二席に入選。賞金は十万円だった。以後、双葉社発行の大衆小説雑誌を中心に短編を発表する。この年は「歪んだ顔」など三編を執筆。しかし、書籍取次の東販などでのアルバイトはつづけられた。第八回江戸川乱歩賞に西崎恭名義で

『夜の墓標』を投稿。

昭和三十八（一九六三）年　三十三歳

七月、第二回オール讀物推理小説新人賞に「歪んだ朝」で入選。九月、同誌に掲載される。第九回江戸川乱歩賞には、『死者の告発』『恐怖の背景』『殺人の季節』（西崎恭名義）など四作も投じたが、二次予選通過にとどまる。私立探偵や中央競馬会の警備員などのアルバイトを。

昭和三十九（一九六四）年　三十四歳

三月、文藝春秋新社より最初の長編『四つの終止符』を書下し刊行。『この声なき叫び』と題されて映画化、翌年一月に松竹系で公開された（市村泰一監督）。第十回江戸川乱歩賞に『雪の空白』を投じる。早川書房主催の第三回ＳＦコンテストで西崎恭名義の「宇宙艇３０７」で努力賞。この年は「夜の終り」など十作を超える短編を発表した。

昭和四十（一九六五）年　三十五歳

七月、「天使の傷痕」で第十一回江戸川乱歩賞を受賞し、八月に刊行される。九月十一日、日活国際会館で授賞式と祝賀パーティ。この年には三十作近い短編も発表するが、もう一度文章を勉強しようと、長谷川伸門下の新鷹会が指導していた大衆文学の勉強会「代々木会」に入会した。

昭和四十一（一九六六）年　三十六歳

六月、乱歩賞受賞後第一作の『D機関情報』を書下し刊行。「徳川王朝の夢」など、時代小説の短編も手掛ける。

昭和四十二（一九六七）年　三十七歳

総理府の「二十一世紀の日本」創作募集に、文学部門で『太陽と砂』が一等入選、賞金五百万円を獲得した（応募時は矢島喜八郎名義）。受賞作は八月に講談社より刊行。その賞金で仙川の借家を買い取る。

昭和四十三（一九六八）年　三十八歳

「手を拍く猿」以下、新鷹会発行の「大衆文芸」に精力的に作品を執筆。家族と離れ、渋谷区幡ヶ谷のマンションに住む。

昭和四十四（一九六九）年　三十九歳

一月から十一月まで、初めての新聞連載小説『悪の座標』（のちに『悪への招待』と改題）を「徳島新聞」に連載する。この年から昭和四十九年まで江戸川乱歩賞の予選委員をつとめた。十一月、近未来小説の『おお21世紀』（のちに『21世紀のブルース』と改題）を春陽堂書店より刊行。

昭和四十五（一九七〇）年　四十歳

渋谷区本町に転居。五月、「大衆文芸」に発表した作品をまとめて短編集『南神威島』を自費出版する。三月から十二月まで、「大衆文芸」に長編『仮装の時代』（別題『富士山麓殺人事件』）、『仮装の時代　富士山麓殺人事件』）を連載。

昭和四十六（一九七一）年　四十一歳

三月、『ある朝海に』をカッパ・ノベルス（光文社）より書下し刊行。この年さらに『名探偵なんか怖くない』など五作の長編を書下し刊行する。夏、一週間の与論島旅行。

昭和四十七（一九七二）年　　四十二歳

仕掛けの巧妙な『殺意の設計』、社会派の『ハイビスカス殺人事件』、パロディの『名探偵が多すぎる』、トラベル色の濃い『伊豆七島殺人事件』とヴァラエティに富んだ長編を刊行する。

昭和四十八（一九七三）年　　四十三歳

少数民族問題をテーマにした『殺人者はオーロラを見た』を刊行。この頃から、社会派推理にたいする創作姿勢に疑問を抱き、以後、社会派推理の執筆から遠ざかった。

八月、書下し長編『赤い帆船《クルーザー》』と週刊誌に連載を開始した『殺しのバンカーショット』に、警視庁捜査一課の十津川が初めて登場する。

昭和四十九（一九七四）年　　四十四歳

七月、沖縄の与那国島に旅行。肝臓障害により、一年ほど、入院を含む療養生活をおくる。以来、蒲団に腹這いになって原稿を書くようになった。

昭和五十（一九七五）年　四十五歳

病癒え、フィリピン旅行。『消えたタンカー』ほか四長編を書下す。唯一の時代長編『阿州太平記　花と剣』（のちに『無明剣、走る』と改題）を翌年にかけて「徳島新聞」に連載する。

昭和五十一（一九七六）年　四十六歳

『消えたタンカー』が日本推理作家協会賞の候補となるが、この年は該当作なしだった。四月、私立探偵・左文字進シリーズの第一作『消えた巨人軍《ジャイアンツ》』を刊行。

昭和五十二（一九七七）年　四十七歳

一月四日に無差別殺人の「青酸コーラ事件」発生。前年末発売の「別冊問題小説」に一挙掲載した、『華麗なる誘拐』との類似がマスコミで話題となった（刊行は三月）。年末、健康のため区の卓球同好会に参加する。

昭和五十三（一九七八）年　四十八歳

十月、鉄道トラベル推理の第一作となった『寝台特急《ブルートレイン》殺人事件』を書下し刊行し、ベストセラーとなる。

昭和五十四（一九七九）年　　四十九歳

長編『発信人は死者』が『黄金のパートナー』と題して映画化、四月に東宝系で公開される（西村潔監督）。その際、飛行機の乗客として出演した。十月、三橋達也が十津川警部を演じた『ブルートレイン・寝台特急殺人事件』がテレビ朝日系列の「土曜ワイド劇場」で放送。以後、高橋英樹や渡瀬恒彦などさまざまな十津川警部がテレビドラマで活躍する。

昭和五十五（一九八〇）年　　五十歳

五月、京都市中京区に転居。七月、トラベル・ミステリーの第三作『終着駅《ターミナル》殺人事件』を刊行しベストセラーに。

昭和五十六（一九八一）年　　五十一歳

『終着駅殺人事件』で第三十四回日本推理作家協会賞を受賞する。四月二十六日、新橋第一ホテルにて授賞式と祝賀パーティが開かれた。以後、鉄道物を中心に、トラベル・ミステリーが多くなる。

昭和五十七（一九八二）年　五十二歳

この年と翌年、江戸川乱歩賞の選考委員をつとめる。五月、ミステリー・ファンクラブ「SRの会」の結成三十周年記念大会に、山村美紗、連城三紀彦とともにゲストとして参加。十一月、京都市伏見区に転居。

昭和五十八（一九八三）年　五十三歳

光文社のエンタテインメント大賞選考委員となる。十月、監修の『鉄道パズル』（光文社）を刊行。一月の『四国連絡特急殺人事件』を最初に、この年には七作のトラベル・ミステリー長編を刊行した。

昭和五十九（一九八四）年　五十四歳

この年と翌年、日本推理作家協会賞の選考委員をつとめる。また、小説現代新人賞の選考委員にも。三月、一連の食品会社脅迫事件が発生。西村作品との共通性がまた話題となる。国税庁発表の昭和五十八年度所得税額は一億を超え、作家部門で五位。九月、〝殺人ルート〟シリーズの第一作『オホーツク殺人ルート』を講談社より、〝駅〟シリーズの第一作『東京駅殺人事件』を光文社より刊行。十二月、京都南座恒例の「素人顔見世」に初出演。「菅原伝授手習鑑」の菅秀才役だったが、子役のため台詞に苦労した。

昭和六十（一九八五）年　五十五歳

昭和五十九年度の所得税額は一億八千二百七十六万円で、作家部門の二位。つねに四、五作の長編を並行して雑誌に連載する状況がつづく。六月、「問題小説」の増刊として、「西村京太郎読本」が刊行される。八月、〝高原〟シリーズの第一作『南伊豆高原殺人事件』を徳間書店より刊行。

昭和六十一（一九八六）年　五十六歳

七月、京都東山区の元旅館を改装して転居。十一月、『西村京太郎長編推理選集』（講談社）が発刊。翌々年にかけて全十五巻を毎月刊行。

昭和六十二（一九八七）年　五十七歳

四月、腎臓結石で緊急入院するが、二日で退院。

昭和六十三（一九八八）年　五十八歳

『名探偵なんか怖くない』がフランスで翻訳刊行される。『D機関情報』が『アナザーウェイ　D機関情報』と題して映画化。スイスを中心に海外ロケを行い、九月に東宝東和系で公開される（山下耕作監督）。十月、十津川警部の名をタイトルにした第一作『十津川警部の挑戦』を実業之日本社より刊行。

昭和六十四／平成元（一九八九）年　五十九歳

十月、グルノーブルで行われた国際推理小説大会に招待されてフランスを訪問。高速列車TGVなどの取材は、翌年刊の『パリ発殺人列車』ほかの長編に結実した。

平成二（一九九〇）年　六十歳

二月、〝本線〟シリーズの第一作『宗谷本線殺人事件』を光文社より刊行。六月、韓国へ取材旅行。『ミステリー列車が消えた』が〝THE MYSTERY TRAIN

DISAPPEARS〟と題されてアメリカで翻訳刊行される。字幕スーパーによる映画『四つの終止符』が完成（大原秋年監督）、上映会が全国で展開された。

平成三（一九九一）年　六十一歳

『オリエント急行を追え』、『パリ・東京殺人ルート』、『十津川警部・怒りの追跡』と海外が舞台の長編を刊行。七月、久々の書下し長編『長崎駅《ナガサキ・レディ》殺人事件』を光文社より刊行する。

平成六（一九九四）年　六十四歳

十月十四日、第一回の「鉄道の日」に鉄道関係功労者として運輸大臣から表彰される。

平成八（一九九六）年　六十六歳

一月十日、脳血栓のため自宅で倒れる。さいわい回復は早く、数か月のリハビリで創作活動は再開された。三月、長年構想していた、昭和初期を舞台とする書下し長編『浅草偏奇館の殺人』を文藝春秋より刊行。十二月、温泉治療をすすめられ湯河原に転居。

平成九（一九九七）年　六十七歳

前年の九月五日に急逝した山村美紗の未完長編を書き継ぎ、五月に『龍野武者行列殺人事件』を実業之日本社（山村美紗名義。角川文庫版は共著）より、七月に『在原業平殺人事件』を中央公論社より刊行。十月二十二日、第六回日本文芸家クラブ大賞特別賞を受賞。第一回日本ミステリー文学大賞新人賞の選考委員をつとめる。

平成十（一九九八）年　六十八歳

一月、十津川警部と山村美紗作品で活躍したキャサリンの共演作を表題作とする、短編集『海を渡った愛と殺意』を実業之日本社より刊行。十二月、ＫＳＳ出版より郷原宏編『西村京太郎読本』が刊行される。

平成十二（二〇〇〇）年　七十歳

自伝的小説と謳われた長編『女流作家』を朝日新聞社より刊行、四月十八日に出版を祝う会が東京會舘で催された。九月一日、帝国ホテルで「古希と著作三百冊を祝う会」が催される。

平成十三（二〇〇一）年　　七十一歳

十月、神奈川県湯河原町に「西村京太郎記念館」が開館、全著書や生原稿、鉄道模型のジオラマなどが飾られ、多くのファンで賑わう。湯河原文学賞が創設され、小説部門の選考委員を務める。

平成十四（二〇〇二）年　　七十二歳

「西村京太郎ファンクラブ」が設立され、十月に会報「十津川エクスプレス」を創刊。

平成十五（二〇〇三）年　　七十三歳

四月、トラベル・ミステリー二十五周年を記念して『新・寝台特急《ブルートレイン》殺人事件』を刊行、東京国際ブックフェアでサイン会を開く。九月、湯河原で行われた初の「西村京太郎ファンクラブの集い」には、百二十名余りが参加。十一月より、携帯電話で配信される新潮ケータイ文庫に『東京湾アクアライン十五・一キロの罠』を連載。

平成十六（二〇〇四）年　七十四歳

二月、第二十八回エランドール賞（日本映画テレビプロデューサー協会主催）の特別賞を受賞。四月、『華麗なる誘拐』を原作とした映画『恋人はスナイパー』が、東映系にて全国公開される（六車俊治監督）。十月、第八回日本ミステリー文学大賞の選考会で大賞に決定。十一月、オールアウトより、『十津川警部「記憶」』の取材旅行の様子を収めたＤＶＤ『大井川鐵道の旅』が発売される。十二月、小学館よりムック『西村京太郎鉄道ミステリーの旅』が刊行される。

平成十七（二〇〇五）年　七十五歳

三月十六日、第八回日本ミステリー文学大賞贈呈式。四月の『青い国から来た殺人者』のサイン会を初めとして、この年には四回ものサイン会を行った。四月、ロング・インタビューをまとめた『西村京太郎の麗しき日本、愛しき風景　わが創作と旅を語る』（聞き手・津田令子）を文芸社より刊行。湯河原町第一号の名誉町民に。

平成十八（二〇〇六）年　七十六歳

五月、十津川警部の名の由来となった、奈良県・十津川村を舞台とする『十津川村天誅殺人事件』を小学館より刊行、同村の第三セクターが運営するホテルに、十津川警部シリーズのコーナーが設けられた。同月刊の『北への逃亡者』で著作が四百冊に達する。九月三日、ウェルシティ湯河原で「著作四百冊突破記念ファンクラブの集い」が催される。十一月、『女流作家』の続編となる『華の棺』を刊行。

平成十九（二〇〇七）年　七十七歳

九月二日、湯河原で喜寿を祝うファンクラブの集い。同時に、西村京太郎記念館の案内係としてロボットが登場する。十月、ニンテンドーDS用ソフトの『DS西村京太郎サスペンス　新探偵シリーズ　京都・熱海・絶海の孤島　殺意の罠』がテクモから発売されて話題となる。

平成二十（二〇〇八）年　七十八歳

十一月、ニンテンドーDS用ソフトの第二弾『金沢・函館・極寒の峡谷　復讐の影』発売。

平成二十一（二〇〇九）年　七十九歳

一月、「第一回麻雀トライアスロン　雀豪決定戦」に参加、一次予選は一位だったが、二次予選は三位で惜しくも決勝進出を逃す。翌年の第二回にも参加。「十津川警部犯罪レポート」と題して、秋田書店より作品のコミック化が相次ぐ。

平成二十二（二〇一〇）年　**八十歳**

六月、第四十五回長谷川伸賞を受賞。「多年にわたり、広く人々に愛され親しまれる数多くの作品を発表してこられた類まれな実績と、その優れた功績に対して」のものだった。

平成二十三（二〇一一）年　**八十一歳**

一月、四十七道府県を網羅する『十津川警部　日本縦断長篇ベスト選集』（徳間書店）が発刊。日本ミステリー文学大賞の選考委員となる。

平成二十四（二〇一二）年　**八十二歳**

三月刊の『十津川警部秩父SL・三月二十七日の証言』で著作が五百冊に達する。

四月、エッセイ『十津川警部とたどる時刻表の旅』を角川学芸出版より刊行、つづいて『十津川警部とたどるローカル線の旅』、『十津川警部とたどる寝台特急の旅』も。三月のNHK文化センター青山教室や七月の世田谷文学館など、トークショーの多い一年となった。九月二十六日、帝国ホテルにて「西村京太郎先生の著作五百冊を祝う会」が催される。

平成二十五（二〇一三）年　八十三歳

テレビ朝日系「西村京太郎トラベルミステリー」が七月十三日放送の『秩父SL・3月23日の証言～大逆転法廷!!』で放送回数が六十回に、TBS系「西村京太郎サスペンス十津川警部シリーズ」が九月九日放送の『消えたタンカー』で放送回数が五十回に、それぞれ到達した。九月、DVDマガジン『西村京太郎サスペンス 十津川警部シリーズ』創刊（全五十巻）。九月二十八日、新潟県・柏崎市で講演会、かしわざき大使に就任する。

平成二十六（二〇一四）年　八十四歳

四月、人間とコンピューターが対戦する第三回将棋電王戦第四局の観戦記を執筆。

平成二十七（二〇一五）年　八十五歳

太平洋戦争の終戦からちょうど七十年という節目の年を迎えて、『暗号名は「金沢」十津川警部「幻の歴史」に挑む』、『十津川警部　八月十四日夜の殺人』、『「ななつ星」極秘作戦』など、戦争のエピソードをテーマにした長編を精力的に刊行。

平成二十八（二〇一六）年　八十六歳

『十津川警部　北陸新幹線殺人事件』ほか、前年三月に金沢まで開通した北陸新幹線を早速舞台に。

平成二十九（二〇一七）年　八十七歳

八月、自身の戦争体験を綴った『十五歳の戦争　陸軍幼年学校「最後の生徒」』を集英社新書より刊行。

九月にフジテレビ系「超アウト×デラックス」、十二月にＴＢＳ系の「ゴロウ・デラックス」とテレビ出演。十二月刊の『北のロマン　青い森鉄道線』で著作が六百冊に到達する。

平成三十（二〇一八）年　八十八歳

四月、テレビ東京系の「開運なんでも鑑定団」に出演。大井川鐵道を取材した際に購入したＳＬの模型「ライブスチーム　Ｃ11」を出品。

平成三十一／令和元（二〇一九）年　八十九歳

四月、第四回吉川英治文庫賞を「十津川警部シリーズ」で受賞する。

令和二（二〇二〇）年　九十歳

新型コロナウイルス蔓延のため、この年に行われるはずだった東京オリンピックは翌年に延期。四月に刊行した『東京オリンピックの幻想』は戦前の幻の東京オリンピックをテーマにしていた。

令和三（二〇二一）年　九十一歳

九十歳を過ぎたが、この年も八作の新作長編を刊行。

令和四（二〇二二）年

「オール讀物」にて『SL「やまぐち」号殺人事件』を連載中の三月三日、肝臓ガンにて逝去。五月、文春ムック『西村京太郎の推理世界』が刊行される。

この作品は２００９年3月講談社より刊行されました。
なお、本作品はフィクションであり実在の個人・団体などとは一切関係がありません。

徳間文庫

悲運《ひうん》の皇子《みこ》と若《わか》き天才《てんさい》の死《し》

2022年8月15日 初刷

著者 西《にし》村《むら》京《きょう》太《た》郎《ろう》

発行者 小宮英行

発行所 株式会社徳間書店

東京都品川区上大崎三―一―一 〒141―8202
目黒セントラルスクエア

電話 編集〇三(五四〇三)四三四九
販売〇四九(二九三)五五二一

振替 〇〇一四〇―〇―四四三九二

印刷 製本 大日本印刷株式会社

ISBN978-4-19-894772-9 (乱丁、落丁本はお取りかえいたします)